GÂCHIS À KARACHI

DU MÊME AUTEUR
AUX ÉDITIONS ARCHIPOCHE

Atout cœur à Tokyo
OSS 117 prend le maquis
Strip-tease pour OSS 117

JEAN BRUCE

GÂCHIS À KARACHI

roman

ARCHIPOCHE

Première édition :
Presses de la Cité, 1958.

Notre catalogue est consultable à l'adresse suivante :
www.archipoche.com

Éditions Archipoche
34, rue des Bourdonnais
75001 Paris

ISBN 978-2-37735-509-9

1

Hubert Bonisseur de la Bath engagea sa voiture sur la rampe de la station-service et l'arrêta derrière une grosse Cadillac couleur de fraise écrasée, dont un employé en combinaison bleue remplissait le réservoir.

Hubert mit pied à terre et consulta sa montre : un peu plus de 20 heures, la nuit venait de tomber. La traversée de Philadelphie lui avait pris plus de temps que prévu. Cent cinquante kilomètres le séparaient encore de New York et, même en utilisant au maximum les autoroutes à péage, il ne pouvait guère espérer atteindre Park Avenue avant 22 heures. Et encore…

Charlotte lui avait dit : 20 h 30, et Charlotte n'avait pas l'habitude d'attendre. Il trouverait sûrement porte close et cela vaudrait mieux pour lui, car une Charlotte contrariée devenait un véritable poison…

De toute façon, il serait venu de Washington pour des prunes et cela ne l'enchantait pas. Il ne manquait pas d'autres amies dans New York, mais en trouver une disponible à 22 heures lui semblait bien aléatoire. Il ne pourrait mettre la main que sur des indisposées, des migraineuses, ou pis encore…

Il se mit à jurer entre ses dents. Une soirée gâchée, voilà ce qui l'attendait.

Il s'était avancé le long de la Cadillac, dont l'intérieur, tapissé de peau de panthère, était vide. À qui pouvait bien appartenir une voiture aussi tapageuse ? Il se posait la question lorsque des éclats de voix lui firent tourner la tête vers la porte du local réservé aux clients de passage.

Un couple arrivait en se querellant. La femme était petite, blonde, vêtue d'un manteau de soirée d'épaisse soie blanche et… admirablement jolie.

Il la reconnut presque aussitôt et son premier mouvement fut de se cacher, car il n'avait pas très bonne conscience à son sujet. Mais il regarda l'homme, un grand brun gominé, aux épaules incroyablement larges, vêtu d'un smoking blanc, type parfait du gigolo ayant l'intention de concourir pour le titre de « Monsieur Amérique », et il oublia instantanément toute prudence.

— *Hi ! Elaine*, lança-t-il. Je te croyais en train de tourner *La Belle des tropiques* à Honolulu ?

Ils cessèrent de se disputer et le regardèrent. Il eut l'impression qu'elle était heureuse de le revoir, mais elle dut se souvenir aussitôt et son expression changea. Les sourcils froncés, méprisant, le gigolo demanda :

— Qui est ce type ?

— Un mufle, laissa doucement tomber la jeune femme.

Hubert eut un sourire navré. La manière dont il l'avait quittée, la dernière fois qu'ils s'étaient vus, l'autorisait à penser ainsi. N'empêche, ce n'était pas agréable…

— Je suis très content de te retrouver, Elaine. J'ai des excuses à te faire et je crois que…

— Je ne vous connais plus. Monsieur…

Elle se drapa dans son manteau et dans sa dignité, puis marcha vers la voiture.

— Foutez-lui la paix, gronda le gigolo. Elle n'aime pas les mufles.

— Alors, répliqua Hubert, elle doit vous détester cordialement, non ?

Le beau gosse en resta bouche bée. Sa carrure et ses muscles avaient dû suffire jusqu'alors à le faire respecter et il n'avait pas de solution toute prête pour ce problème nouveau. La femme s'était immobilisée près de la portière et les observait avec intérêt. Hubert reprit, d'un ton anormalement doux, dont ceux qui le connaissaient savaient se méfier :

— En somme, chérie, après *La Belle des Tropiques*, tu joues au naturel *La Belle et la Bête* ?

Elle sourit, amusée.

— Toujours aussi drôle, Hube ?

— J'essaie, chérie.

— Dites-donc, vous ! gronda le gigolo.

Hubert le toisa.

— J'avais toujours pris Elaine pour une femme de goût ; je me demande ce qui a bien pu lui arriver... Cette voiture... et puis vous.

Le rire de la femme monta comme un trille vers le ciel étoilé. L'employé, qui avait refermé le réservoir plein de la Cadillac, essaya d'intervenir dans le débat :

— Ça fait 4,80 dollars, annonça-t-il.

Mais le beau gosse ne l'entendit même pas. Il avait fait un pas en avant et saisi Hubert par le revers de sa veste de tweed.

— Je vais vous casser la gueule, prévint-il. Je vais vous réduire en bouillie et je ferai des cure-dents avec vos os.

D'un geste plein de naturel, Hubert avait posé sa main sur celle de son adversaire. Il chercha le pouce, sans laisser à l'autre le temps de se méfier...

— Vraiment ? fit-il avec un sourire suave.

Et il écrasa lentement le pouce plié en deux dans sa poigne de fer. Le souffle coupé par l'intolérable douleur, le gigolo devint blanc, puis cramoisi. Hubert serra un peu plus et Monsieur Muscle se laissa tomber à genoux sur le ciment. La seconde suivante, ayant retrouvé son souffle, il se mit à hurler. Alors, Hubert se pencha pour attraper de la main gauche un petit broc de verre qui contenait un bon litre d'huile moteur assez épaisse…

L'huile coula sur les cheveux noirs déjà calamistrés, descendit sur le visage basané que la souffrance déformait, atteignit le col de la chemise, puis le beau smoking blanc.

— Merde, alors ! lança l'employé complètement sidéré.

La femme se mordait les doigts, hésitant entre les larmes et le fou rire.

— Oh ! Hube…

Hubert lâcha sa victime, reposa le broc vide et, du pouce, montra sa Buick à l'employé.

— *Ethyl. Full*[1].

Le garçon se précipita.

— *Okay, sir !*

Le gigolo se releva péniblement. Il pleurait de douleur et d'humiliation. Hubert recula d'un pas, craignant une action désespérée, mais le malheureux retourna en titubant vers les toilettes et disparut dans le bâtiment. Hubert regarda la belle actrice qui n'avait pas bougé.

— Puisque vous voici sans cavalier servant, permettez-moi de poser ma candidature…

---

1. « Super. Le plein. »

Elle eut un mouvement de tête, puis, sans mot dire, prit une valise de cuir blanc dans la malle de la « Caddie » et vint à petits pas vers la Buick.

— Vous avez des arguments trop convaincants pour que l'on puisse vous résister, monsieur.

Il lui ouvrit la portière et l'aida à s'installer. Elle ramena les pans de son manteau sur ses genoux et regarda droit devant elle ; l'image même de la dignité. Le plein fait, l'employé réclama quatre dollars et dix cents. Hubert lui donna cinq dollars.

Il fit une marche arrière pour dégager sa voiture et fonça aussitôt en direction du pont Benjamin Franklin. Comme il se taisait, elle demanda bientôt :

— Où allons-nous ?

— Je ne sais pas encore.

Elle se glissa vers lui, sur la banquette de cuir rouge.

— Je te regardais, tout à l'heure, et tu avais plus que jamais l'allure d'un tigre. Souple et féroce comme un tigre.

Il lui lança un rapide coup d'œil et dit :

— Tu es encore plus belle que ma mémoire ne me le faisait croire. J'avais tellement de regrets, Elaine... Je n'ai pas pu résister. J'avais envie de le tuer...

— Ce n'était qu'un camarade, protesta-t-elle en se mettant inconsciemment sur la défensive.

— Si je pouvais croire le contraire, je te tuerais aussi. Pourquoi te compromets-tu avec des gens comme ça ?

— Il est très gentil, et il est très beau...

— Si tu aimes ce genre de beauté, alors...

— Je préfère le tien, es-tu content ?

Il ne répondit pas. Les barrières de péage étaient devant eux. Il ralentit, arrêta la Buick dans un des guichets, donna une pièce de cinquante cents à l'employé et redémarra.

Ils roulaient sur le pont, au-dessus du fleuve Delaware, lorsque la jeune femme reprit l'offensive :

— Mais, dis-donc, c'est peut-être à moi de te faire des reproches, non ?

Faussement candide, il s'étonna :

— Pourquoi ?

Elle explosa :

— Est-ce que tu te moques de moi ? Aurais-tu oublié, par hasard, comme tu m'as plaquée, je dis bien « plaquée », il y a six mois ou à peu près ?...

Il s'en souvenait fort bien. Il s'était donné beaucoup de mal, pendant quatre jours, pour séduire la très célèbre et très adulée Elaine F..., une des reines d'Hollywood. Lorsqu'elle avait enfin dit oui, après une résistance qui n'avait pas été de pure forme, un télégramme émanant du bureau des opérations de la CIA[1] avait rappelé Hubert à Washington, de toute urgence. Il n'avait eu que le temps de faire sa valise pour attraper l'avion dans lequel sa place était retenue. Le soir, qui devait être « le » soir, Elaine F... l'avait vainement attendu.

Ce n'était pas la première fois, ni la dernière, qu'une pareille mésaventure lui arrivait. Mais celle-là, il ne l'avait pas prise d'un cœur léger et un regret lancinant l'avait longtemps poursuivi...

Elaine F... n'était pas une femme que l'on pouvait oublier facilement. Elaine F..., c'était « la » femme, l'unique, celle dont rêvent les hommes depuis l'âge de quatorze ans.

Il chercha sur le siège la main de sa compagne et la serra tendrement.

---

1. Central Intelligence Agency : service central de renseignements des États-Unis.

— Elaine, je vais vous faire un aveu… J'ai été très malheureux, vraiment… Mais il m'était impossible d'agir autrement. Pour ma sécurité et aussi pour la vôtre…

Un silence s'établit entre eux. La Buick roulait à bonne allure sur une route à double voie assez encombrée. L'actrice questionna doucement :

— Je n'ai jamais su quel était votre « job », Hube…

— Je suis une espèce de hors-la-loi, si cela peut vous suffire. Une sorte de pirate des temps modernes. Je n'ai pas de foyer, pas même de domicile, pas d'attaches. Je vais à travers le monde, risquant ma peau pour des raisons qui ne m'apparaissent pas toujours clairement. Pour le plaisir, surtout…

— La première fois que je vous ai vu, je vous ai comparé à un fauve, à un grand fauve…

— J'aime le risque.

— Si j'ai bien compris, vous êtes un aventurier international ?

Il eut envie de rire, mais se retint.

— C'est à peu près ça. Faites-moi la grâce de ne pas approfondir…

Elle se rapprocha de lui. Leurs épaules se touchèrent.

— Je me sens bien près de vous, murmura-t-elle.

Il laissa s'écouler quelques secondes, doubla quelques voitures qui respectaient un peu trop la vitesse imposée, puis proposa :

— Si nous reprenions au point où nous en étions restés il y a six mois ? Si nous imaginions que tout ce qui s'est passé entre-temps n'a été qu'un rêve ? Nous venons de nous réveiller. J'étais fidèle au rendez-vous et nous filions vers…

Elle objecta :

— Je devais être à New York ce soir.

— Moi aussi.

— Important ?

— Autant que pour vous.

— Alors ?

— N'y pensez plus.

Elle mit sa joue sur son épaule, exprimant ainsi son acceptation, et ne bougea plus. Ils passèrent bientôt sous la New Jersey Turnpike[1], laissant ainsi derrière eux la dernière chance qu'ils avaient de gagner rapidement New York.

La 70 était pratiquement déserte. C'était une région sablonneuse, boisée de sapins, une région de chasse un peu semblable à la Sologne française, avec cette différence que l'océan Atlantique n'était qu'à soixante-quinze kilomètres, droit devant.

Ils dépassèrent Medford. Elaine s'agita :

— Où allons-nous ? Ashbury Park ?

— C'est un endroit que je n'aime pas. Trop de monde…

Ils atteignirent bientôt Red Lion Circle, au carrefour de la 206. À droite, les casernes de la police d'État étaient généreusement éclairées. Hubert contourna le rond-point. Un grand panneau publicitaire annonçait « *The distinctive* MOTEL HOLLY – *air conditionned – luxurious comfort in quiet – Restful surroudings* », à trois cents mètres à gauche sur la branche nord de la 206.

— Exactement ce qu'il nous faut, dit Hubert.

La mention « *Vacancy* », en tubes au néon, était éclairée.

— Et il y a même de la place !

C'était un endroit plutôt désert. Une maison très ordinaire, flanquée d'un poste à essence et d'un atelier de

1. Importante autoroute.

réparations pour automobiles abritait les propriétaires du motel construit un peu en retrait et d'apparence très moderne. De l'autre côté de la route, un minuscule drive-in bien éclairé attendait les clients.

Hubert descendit et gagna le bureau. Une femme d'une cinquantaine d'années, sympathique, lui demanda dix dollars pour la « grande suite » et lui donna le registre à remplir. Hubert inscrivit : « Mr et Mrs H. E. Chester », venant de Washington.

La femme l'accompagna pour lui montrer l'appartement, situé au centre du bâtiment. Elle lui indiqua la manière d'utiliser le chauffage automatique. Elaine, qui avait peur d'être reconnue, ne descendit que lorsqu'il fut de nouveau seul.

Leurs valises défaites, ils eurent faim. À ce moment, ils entendirent frapper à la porte. Elaine se réfugia dans la salle de bains. Hubert ouvrit. C'était la patronne, avec un carnet d'autographes à la main.

— Je l'ai reconnue, murmura-t-elle d'un air complice. Je pourrais avoir une petite signature ?

Hubert pensa que le mieux était de lui donner satisfaction pour avoir la paix. Il lui prit le carnet des mains, l'emporta de l'autre côté et le lui rendit deux minutes plus tard, dûment paraphé.

— Oh ! comme je suis contente, minauda la femme. J'avais déjà les signatures d'un Japonais, de Tokyo, et d'un Français, auteur de romans de mystère. Vous voulez voir ?

— Non merci, assura Hubert[1].

Ils sortirent cinq minutes plus tard pour aller au drive-in d'en face manger des sandwiches au steak. Ils marchaient autour de la baraque en mordant à pleines

---

1. Plus curieux, il aurait reconnu la signature de Jean Bruce.

dents dans le pain chaud lorsqu'une voiture noire portant une plaque du district de Columbia[1] s'immobilisa doucement au bord de la route. Hubert n'y prêta guère attention, jusqu'au moment où il se rendit compte que le conducteur de la voiture, qui avait mis pied à terre, se dirigeait vers eux et non vers le restaurant.

Il reconnut tout de suite Howard et le cœur lui manqua. L'appétit coupé, il jeta au loin son sandwich et jura entre ses dents. Alarmée, son amie lui saisit le bras.

— Qui est-ce ?

Hubert ne répondit pas. Il n'aurait pu répondre que par un mensonge et il n'avait précisément aucune envie, dans l'instant, de mentir à cette femme adorable qui allait encore lui échapper. Foutu métier !

Howard s'était arrêté à dix pas, dans la lumière. Il attendait. Il n'était ni pressé, ni inquiet. Il savait que Hubert viendrait.

— Excuse-moi quelques minutes, mon cœur, murmura Hubert. Il faut que je parle à ce type…

Il la quitta. La rage au cœur. Il maudissait le crétin qui avait eu l'idée de munir les voitures des agents disponibles de « boîtes à sardines », ces minuscules émetteurs-radio qui lançaient inlassablement leur indicatif dans l'éther et que l'on pouvait facilement repérer par « gonio ». Ils avaient eu besoin de lui, à Washington, et les techniciens radio leur avaient dit qu'il se trouvait du côté de Philadelphie. Howard avait pris la route et s'était simplement laissé guider jusqu'à lui…

— Repassez demain matin, mon vieux. Je suis occupé…

Howard avait sans doute reconnu Elaine. Des millions et des millions de gens connaissaient son visage

1. Washington.

émouvant et ses yeux immenses. Il eut un sourire mauvais et répliqua d'un ton faussement ennuyé :

— Je regrette, mon vieux, c'est impossible. À partir de maintenant, vous êtes en mission. Plus de contacts avec l'extérieur jusqu'à votre départ.

— Si vous ne foutez pas le camp immédiatement, je vous casse la gueule, menaça Hubert.

Howard resta imperturbable.

— Vous savez très bien que vous ne pouvez pas faire ça. Vous êtes un soldat, vous devez obéir aux ordres.

— Je ne suis pas un soldat, je ne l'ai jamais été...

— Vous êtes colonel, du corps des officiers de renseignement.

— Demain matin. En ce moment, je ne suis qu'un homme comme les autres qui se prépare à coucher avec une jolie fille...

— Ce sera pour une autre fois. Elle vous attendra...

— Elle m'a déjà trop attendu.

— Voulez-vous que j'avise le patron de votre... rébellion ? Il attend des nouvelles par radio.

Howard eut un mouvement vers sa voiture, munie d'un équipement radio complet. Hubert respira profondément, puis capitula. Il ne pouvait vraiment agir autrement, mais il se promit en regardant Howard de lui revaloir ça...

— Allons-y.

Il marcha vers la voiture du service. Elaine l'appela :

— Hube ? Où vas-tu ?

— Je reviens, répliqua-t-il durement.

Il monta près d'Howard, qui démarra brutalement. Au rond-point, l'adjoint de Mr Smith reprit la direction de Philadelphie.

— Je peux vous expliquer ? Vous êtes calmé ?

— Allez-y.

Howard mit les phares en code et ralentit un peu pour croiser une autre voiture.

— Avez-vous entendu parler du « manteau Plessey » ? demanda-t-il.

— Non. Et j'espère que vous n'êtes pas venu simplement pour me parler chiffons !

— Ne vous emballez pas. Cela s'appelle aussi « manteau d'invisibilité ». Il s'agit d'un revêtement qui absorbe les ondes radar au lieu de les renvoyer. De telle sorte qu'un avion ou un bateau muni de ce revêtement ne peut plus être détecté par les radars. C'est une invention anglaise. Plessey est le nom de la compagnie qui a mis ce truc au point.

— Très intéressant, admit Hubert. Mais je ne vois pas en quoi cela me concerne…

— C'est une invention d'une portée extraordinaire, reprit Howard sans prendre garde à l'interruption. Vous n'ignorez pas que tous ces superbombardiers géants que nous nous obstinons à fabriquer à grand renfort de millions de dollars étaient déjà périmés depuis un certain temps en raison des nouveaux moyens d'interception dont les Russes disposent aussi bien que nous. Aveuglement des militaires, surtout des aviateurs, qui ont peur de se retrouver au chômage. Mais un avion de cent tonnes qui se traîne à 900 km/h et à 15 000 mètres d'altitude n'a aucune chance d'échapper aux fusées hypersoniques sol-air à têtes chercheuses… Or, le manteau d'invisibilité rendrait de nouveau nos magnifiques bombardiers utilisables, car ils pourraient franchir les ceintures radar sans être détectés et, en conséquence, parvenir au but sans que l'alerte soit donnée et lâcher leurs bombes H… Pour le retour, ce serait bien entendu une autre histoire, mais nous nous en foutons…

— Eh bien, fit Hubert, c'est très simple. Notre chef d'état-major de l'aviation n'a qu'à prendre sa plus belle plume et envoyer à son collègue britannique une lettre bien gentille pour lui demander le secret de ce fameux trench-coat !

Howard remarqua :

— C'est drôle. Vous avez trouvé vous-même le nom de code que nous avons déjà donné à cette affaire : « opération trench-coat ».

Hubert ricana.

— Un gamin de deux ans aurait trouvé ça. Votre fameux manteau est imperméable aux ondes, alors ?

Howard fit quelques appels de phare et appuya sur l'accélérateur pour doubler une « station-wagon » qui se traînait nettement au-dessous de la vitesse autorisée.

— Votre idée d'écrire aux Anglais est bonne, reprit-il. Si bonne que le State Department l'a mise à exécution voici un bon moment...

— Et alors ?

— Et alors ? Eh bien, les Anglais ont répondu que le truc n'était pas encore au point, mais qu'ils se feraient un plaisir de nous le communiquer dès que possible, sous certaines conditions...

— C'était peut-être vrai ?

— Leur truc est parfaitement au point. Nous le savons. Nous avons en main des comptes rendus d'essais. En ce qui concerne les conditions exigées, nos braves militaires prétendent ne pas pouvoir les accepter...

— Les Anglais sont nos meilleurs alliés, et les plus sûrs...

— Je suis d'accord avec vous. Mais allez donc expliquer ça à nos braves généraux... Ils vous répondront avec toute l'autorité que leur confèrent leurs étoiles et leur connerie qu'il n'existe pas d'amis sûrs qui aient l'usage de la parole.

Hubert resta silencieux. La perspective d'aller espionner chez les Anglais ne le séduisait aucunement, bien que, n'étant pas un « Yank », il n'eût aucune sympathie particulière pour les fils d'Albion. Howard enchaîna :

— Nous avions tout de même quelque répugnance à employer nos procédés habituels pour nous procurer le secret de ce trench-coat, lorsqu'un de nos agents permanents à Karachi nous fit parvenir un curieux rapport…

Hubert dressa l'oreille. Karachi n'était pas une ville très séduisante, loin de là, mais elle avait des environs ravissants.

— Quelqu'un avait fauché aux Anglais ce qu'ils avaient refusé de nous communiquer. Aux dernières nouvelles, les microphotographies de la formule se trouvaient entre les mains d'une femme, une Australienne, qui résidait à l'hôtel Metropole, à Karachi, munie d'un passeport au nom de Mary Mac Bean. Cette personne, déjà connue de notre service sous l'affectueux diminutif de « Mamie », avait rendez-vous à la passe de Khaïber avec un agent soviétique résidant en Afghanistan. Or, Mamie a brusquement disparu du Metropole et le type qu'elle devait rencontrer sur la frontière l'attend toujours…

— C'est très simple, dit Hubert. Les Anglais l'ont cravatée.

— Non. Les Anglais la cherchent toujours et ils n'ont aucune raison apparente de faire semblant de la chercher s'ils la détiennent vraiment…

— Si j'ai bien compris, on veut que j'aille là-bas et que j'essaie de griller tout le monde dans la course au trésor.

— C'est tout à fait cela. Un avion à réaction vous attend déjà sur le terrain de Marlton. Nous y serons dans quelques minutes. Un gars du service des missions à l'étranger sera dedans avec le dossier et votre « couverture ». Entre ici et San Francisco, vous aurez le temps d'assimiler tout ça. Une place est retenue pour vous dans un taxi de la PAA qui décolle demain matin de Frisco à destination de Manille, *via* Honolulu. Vous serez après-demain à Karachi si les conditions atmosphériques ne se gâtent pas...

— Toujours plein d'optimisme, quoi ?

— Toujours.

— Vous feriez tout de même bien de télégraphier à cette Mamie de ne pas se faire coincer par qui que ce soit avant que je n'arrive.

Ils atteignirent l'aérodrome. L'avion spécial qui devait emporter Hubert vers la côte ouest n'était pas là, mais son arrivée venait d'être signalée comme imminente. Howard, avec un sourire déplaisant, annonça :

— Je vous laisse. Je retourne au motel Holly pour m'occuper de votre voiture et aussi... de cette charmante Elaine qui doit se trouver bien seule. Peut-être pourrai-je vous remplacer... avantageusement. La chambre est payée d'avance, n'est-ce pas ?

Contre toute attente, Hubert éclata de rire et se contenta de secouer l'autre amicalement. Howard partit, plein d'espoir, ignorant que son portefeuille et ses papiers d'identité avaient quitté ses poches pour celles d'Hubert.

Sans perdre de temps, celui-ci se dirigea vers une cabine téléphonique et appela le motel. La voix d'Elaine, cette voix de velours qui bouleversait des millions de spectateurs dans les salles obscures du monde entier, se fit entendre.

— Allô, qui est à l'appareil ?

Hubert prit une voix étouffée et un ton mystérieux.

— Écoute-moi bien, chérie, et surtout ne te fâche pas, je suis déjà bien trop malheureux comme ça. Ce type, qui est venu me chercher, il ne me voulait pas du bien. Tu comprends ?

Elle ne répondit pas, mais le souffle de sa respiration était perceptible. Hubert continua :

— Je l'ai suivi uniquement pour que tu ne sois pas mêlée à cela. C'était le seul moyen... Mais l'affaire a tourné de telle manière... Allô, tu m'entends ?

— Je t'entends.

Sec et peu encourageant. Hubert enchaîna néanmoins :

— Mais l'affaire a tourné de telle manière que j'ai été obligé, absolument obligé de lui fausser compagnie. Maintenant, je sais qu'il est en route pour retourner au motel...

— Ici ?

Angoissée.

— Oui. Je n'ai pas de voiture, je suis impuissant et je voudrais tellement te protéger. Écoute, tu vas me promettre de m'obéir. Il faut que tu ailles tout de suite te mettre sous la protection de la police d'État. Il y a une caserne de l'autre côté du rond-point...

— Je sais.

— Dis-leur que ce type te poursuit, qu'il a déjà essayé de t'importuner, qu'ils doivent l'arrêter pour l'interroger et le garder à vue pendant que tu rejoindras New York. C'est un type très dangereux. Il se fait appeler Howard et prétend appartenir aux services secrets, Dieu sait de quel pays ! Qu'ils demandent un contrôle de ses empreintes au FBI. Tu m'as compris ? Elaine, je t'adore...

— J'ai compris. Je vais le faire... Oh ! mon pauvre chéri, que t'arrive-t-il encore ?

— Je te ferai signe dès que possible.

— Je serai au Waldorf pendant une semaine.

— Okay. Attends-moi...

— Je t'attendrai. Hube... Hube...

Sans répondre, il raccrocha doucement, sa déception maintenant compensée par le plaisir de la vengeance. Sans papiers, Howard était assuré de passer au moins la nuit dans les locaux de la police d'État, et les types de permanence ne le laisseraient sûrement pas dormir tranquille...

Il sortit de la cabine et prit la direction du bar. Il avait faim. Ses pensées prirent un nouveau cours et des images du Pakistan, qu'il connaissait bien, lui revinrent en mémoire...

2

Le tableau s'illumina au-dessus de la porte centrale : « NO SMOKING – FASTEN YOUR BELT ».

D'un geste machinal, Hubert attacha sa ceinture. Puis il regarda par le hublot, à l'instant que le pilote, réduisant le régime des moteurs, mettait l'avion en piqué.

Au-dessous des flammes jaunes et bleues qui jaillissaient irrégulièrement des pots d'échappement, il aperçut les mille lumières de Karachi étalées au bord de la mer que balayait sporadiquement le long pinceau d'argent d'un phare.

Il était arrivé, après un voyage crevant, interminable, qui le laissait abasourdi et comme vidé de toute énergie. Il ne pensait plus du tout à Elaine et l'idée des ennuis que la police d'État avait dû faire à Howard ne lui donnait même plus la moindre satisfaction.

L'hôtesse, une grande blonde prétentieuse qui se parfumait trop, se pencha vers lui en passant et lui demanda si tout allait bien.

— Ça ira beaucoup mieux quand je me trouverai dans un vrai lit, après avoir pris une vraie douche, répliqua-t-il d'un ton maussade.

Elle s'éloigna sans insister. Les lumières de la cabine clignotaient, s'éteignant parfois pour se rallumer presque aussitôt. Hubert aperçut les balises de l'aéroport. Le temps était beau et il devait faire bougrement chaud dehors, au ras du sol.

Après un dernier virage et deux ou trois rugissements de moteurs, le Douglas Super-6 Clipper toucha la piste de ciment, avec une remarquable douceur.

— Je vous rappelle que vous ne devez pas quitter l'avion avant l'autorisation du service de santé, déclama l'hôtesse.

Hubert haussa les épaules. C'était toujours la même chose. Il ne connaissait aucun pays plus « enquiquinant » que celui-là pour les formalités de débarquement...

L'énorme appareil s'immobilisa devant les bâtiments de l'aérogare. Les moteurs s'arrêtèrent, l'un après l'autre. Hubert se pinça le nez et souffla, lèvres serrées, pour se déboucher les oreilles. Les stewards avaient ouvert la porte. Des employés pakistanais amenaient l'escalier roulant. Le fonctionnaire du service de santé entra le premier et entreprit de tout asperger au DDT, plafond, parois, sièges et passagers. Une odeur suffocante se répandit dans l'avion. Des voyageurs se mirent à tousser, d'autres protestèrent avec indignation. Une vieille dame, très digne et décorée, glapit très haut que ces sauvages les prenaient sans doute pour des insectes nuisibles. Le Pakistanais lui donna double dose et Hubert l'approuva. Mais la vieille dame était d'une espèce indestructible...

L'autorisation de descendre vint enfin. Hubert se leva, souple et désabusé, pris sa trousse de voyage dans le filet et suivit le troupeau. Il remercia l'hôtesse au passage, et les stewards. Dehors, la chaleur était bien telle qu'il l'avait imaginée : insoutenable. En bas de l'échelle, ce fut l'habituelle séparation de ceux qui continuaient et de ceux qui étaient arrivés.

Courte attente dans une salle heureusement climatisée, puis les formalités commencèrent. Contrôle des carnets de santé, puis de douane, enfin de police. Hubert faisait la queue pour cette dernière épreuve quand une employée locale de la PAA vint distribuer des messages…

— Mr Horace Mac Bean… Horace Mac Bean ?…

Hubert sursauta. Il était tellement abruti qu'il avait bien failli oublier sa nouvelle identité. Car, pressés par le temps, les spécialistes du service des missions à l'étranger n'avaient rien trouvé de mieux que de le faire passer pour le neveu de Mrs Mary Mac Bean, dite « Mamie ». Ce n'était d'ailleurs pas une « couverture » plus mauvaise qu'une autre. Quoi de plus naturel, en effet, qu'un neveu cherchant à retrouver sa tante ? Le seul inconvénient était que tout le monde serait au courant dès les premières heures et que des réactions brutales pouvaient se produire. Mais cela n'était pas pour déplaire à Hubert. On lui avait demandé de faire vite et il n'était pas possible de passer inaperçu en faisant vite…

Hubert prit le message, remercia la jeune femme et lut le texte. On l'informait que M. Cecilio de Coïmbra, délégué de son agence de voyages, l'attendait à la sortie avec une voiture.

Il remit son passeport à un policier, avec les diverses paperasses remplies plus ou moins soigneusement dans l'avion. Le flic examina le visa de transit valable sept jours qui portait la signature du 2e secrétaire de l'ambassade du Pakistan à Washington. Il informa Hubert de la date limite à laquelle il devrait avoir quitté le territoire pakistanais, puis apposa le cachet de l'« Immigration Police Karachi Airport », signa et mit la date au stylo.

C'était fini. C'est-à-dire que tout commençait. Hubert disposait de sept jours pour réussir. Seulement sept jours, car s'il n'avait pas abouti au bout de ce laps de temps il serait sûrement bien trop compromis pour faire une demande de prolongation de visa, qui déclencherait automatiquement une enquête sur ses activités…

Il récupéra sa valise et suivit le couloir qui conduisait vers la sortie. Des gens attendaient dans le hall. Parmi eux devait se trouver ce Cecilio de Coïmbra, agent permanent de la CIA dans la capitale pakistanaise…

Un homme jeune, solidement bâti, s'avança vers Hubert. Il avait le teint chocolat des Hindous, mais les caractéristiques physiques d'un Blanc.

— Je suis un ami de votre tante, murmura-t-il en anglais.

— De Mamie ?

— De Mrs Mary Mac Bean, oui. Avez-vous fait bon voyage ?

— Très bon… Mais, la prochaine fois, je passerai par l'Europe.

Les phrases clés échangées, Coïmbra se détendit.

— Venez, reprit-il en saisissant la valise d'Hubert. Une voiture nous attend.

Ils sortirent. Hubert tira son mouchoir pour s'éponger le front. Sa chemise mouillée collait à ses omoplates.

— Quelle chaleur !

Coïmbra ouvrit la portière d'une vieille conduite intérieure MG et prit le volant. Hubert s'installa près de lui. Ils partirent…

— Avez-vous fait bon voyage ?

— Terrible. Je suis crevé.

— Une bonne nuit, il n'y paraîtra plus. Malheureusement, je n'ai pas pu vous obtenir une chambre à air conditionné… Et vous semblez souffrir de la chaleur.

— Je m'adapterai.

Ils rejoignirent la grande route. Au carrefour, l'hôtel d'Air France n'était pas encore terminé.

— Alors ? questionna Hubert. Quoi de neuf ?

— Pas grand-chose, mais inquiétant. Je tenais l'histoire d'une bonne femme qui travaillait pour le « Centre[1] ». Des pêcheurs ont retrouvé son corps hier matin dans Chinna Creek, pris dans les racines d'un manguier. La marée basse l'avait découvert...

— Ça commence bien.

Coïmbra resta impassible.

— Je trouve que ce n'est pas une bonne idée de vous faire passer pour le neveu de Mrs Mac Bean. Vous allez avoir la meute sur le dos, si vite que vous n'aurez même pas le temps de dire « ouf ».

— Je ne suis pas une vieille femme. Et je suis prévenu...

Silencieux, Coïmbra lâcha le volant d'une main et fouilla dans une de ses poches dont il tira une photographie.

— Voici le plus récent portrait de Mrs Mac Bean. C'est moi-même qui l'ai pris, dans Kutchery Road...

Hubert prit la photo et alluma le plafonnier pour l'examiner. Le portrait en pied, remarquablement net, était celui d'une femme d'une cinquantaine d'années, très britannique, très chevaline, vêtue d'un tailleur de « tweed » mal coupé, coiffée d'un chapeau de feutre informe, chaussée de mocassins à talons bas, un énorme sac de cuir souple pendu au bras droit. Des lunettes, évidemment. Et de la moustache, sûrement, bien qu'on ne pût la distinguer...

---

1. Appellation familière du *Rasslevadelnoie Upravelenie*, ou RU, Service central de renseignements de l'URSS.

— Elle n'est pas loupée ! remarqua Hubert.

— Je l'ai prise à deux mètres, avec un grand angulaire…

— Je parlais de la bonne femme, et non de la photo… Elle vous a vu la prendre, évidemment ?

— Oui. J'ai un lot de tickets de photographe ambulant pour ces cas-là. Je lui en ai donné un. L'adresse est fausse… De toute façon, elle n'aura sûrement pas été la chercher.

— Je la garde ?

— C'est pour vous.

— Merci. Si vous me racontiez l'histoire depuis le début, cela m'arrangerait assez. Vous ne pouvez pas imaginer combien une histoire peut se modifier entre son origine et son aboutissement…

— C'est très simple. J'avais connu récemment cette bonne femme dont je vous ai parlé, que l'on a retrouvée morte hier matin dans les marais de Chinna Creek. Elle travaillait pour les Russes, mais sans grande conviction et pas assez payée. Un petit paquet de dollars de temps à autre la rendait bavarde. C'est elle qui m'a raconté que Mrs Mac Bean avait proposé aux Russes de leur vendre la formule d'un revêtement antiradar inventé par les Anglais et qu'un rendez-vous avait été fixé pour traiter l'affaire à la passe de Khaïber…

— Ce truc-là me chiffonne un peu, interrompit Hubert. La passe est un endroit plutôt surveillé. Il faut une autorisation pour pénétrer sur le territoire des tribus. D'autre part, je connais le poste-frontière, il est difficile de s'y isoler pour traiter une affaire de ce genre…

— Je vous dis ce que je sais. J'avais pensé tout d'abord pouvoir régler ça moi-même, mais quand je suis arrivé au Metropole la femme en était partie. Et je n'ai pas pu retrouver sa trace. Alors, j'ai envoyé un rapport…

— Comment avez-vous su qu'elle n'était pas allée là-haut ?

— Notre agent, à Peshawar, travaille sous mes ordres. Je l'ai aussitôt alerté. Il a des yeux au secrétariat des Affaires tribales…

— Rien d'autre ?

— Rien. Sauf que les agents de l'IS s'agitent passablement. Je suppose que mon indicatrice devait aimer la livre sterling autant que le dollar…

Ils roulèrent un bon moment en silence. Près d'une demi-heure s'était écoulée lorsqu'ils atteignirent enfin Karachi.

— Vous êtes Portugais ? questionna Hubert.

— Ma famille était installée à Goa depuis trois générations.

Hubert pensa qu'il devait être sang-mêlé, et que sa mère ou sa grand-mère était une Hindoue, car il avait la peau beaucoup trop noire pour être un Portugais de pure race.

— Quel âge avez-vous ?

— Trente-deux.

Ils arrivèrent au Metropole. Une armée de types vêtus de blanc, ceinture et turban verts, se jeta sur la voiture comme un essaim de sauterelles. Hubert refusa de se séparer de sa trousse de voyage et ils faillirent se battre pour porter l'unique valise.

— Je vous laisse, dit le Portugais. Inutile que l'on nous voie trop ensemble. Je passerai demain matin, vers 8 heures…

— Alors, bonne nuit. Et merci…

Hubert escalada les marches et entra dans le hall. Les deux nains, habillés eux aussi de blanc et de vert, qui gardaient habituellement la porte, n'étaient pas là. Une jeune femme assez sympathique chercha dans le registre des réservations et trouva le nom d'Horace Mac Bean.

— Vous avez le 306, annonça-t-elle.

Hubert inscrivit son nom et divers autres renseignements sur le registre de police. Puis il demanda si sa tante, Mrs Mary Mac Bean, était toujours dans l'hôtel.

La jeune personne chercha dans un autre grand livre.

— Mrs Mac Bean est partie la semaine dernière. Elle n'est restée que trois jours...

— Partie ?

Hubert avait pris une mine étonnée.

— Elle m'avait écrit de la rejoindre ici.

— Nous ne pouvions pas la garder plus longtemps. Elle n'avait pas réservé et la chambre qu'elle occupait était retenue... Peut-être loge-t-elle maintenant dans un autre hôtel. Vous devriez demander au portier s'il a sa nouvelle adresse, ou faire suivre le courrier.

— Merci.

Hubert alla trouver le portier. Mais c'était le portier de nuit et il n'était pas au courant. Il fallait voir son collègue de jour.

Hubert lui montra son passeport :

— Voulez-vous regarder si vous avez quelque chose pour moi ?

L'homme prit le paquet du courrier en attente et regarda les lettres une à une. S'il y en avait une pour Mrs Mac Bean, il s'y arrêterait sûrement...

Il n'y avait rien. Hubert remercia, et retourna vers la jeune femme.

— Je voudrais changer des chèques de voyage, dit-il.

Elle fit venir le caissier. Hubert changea deux cents dollars et réclama de la petite monnaie, car la meute était toujours farouchement agglomérée autour de sa valise…

Après quoi il se fit conduire à sa chambre, distribua les pourboires et s'enferma. Il faisait atrocement chaud dans la pièce. Il ouvrit le vasistas sur la galerie et mit en route l'énorme ventilateur suspendu au plafond avec l'espoir de créer un courant d'air rafraîchissant…

3

Des coups frappés à la porte réveillèrent Hubert. Il était trempé de sueur et encore ivre de sommeil. Quelqu'un entra. Il entrouvrit un œil, reconnut l'uniforme blanc et vert d'un employé de l'hôtel qui apportait le premier thé et les journaux.

Le garçon posa le plateau sur la petite table du coin-salon, près de la fenêtre, puis revint vers le lit, la main déjà tendue. Comme dans un rêve, Hubert le vit soudain s'immobiliser et pâlir affreusement.

— Qu'est-ce qui t'arrive ? grogna Hubert.

Le visage gris, le Pakistanais tendit un doigt tremblant vers le lit et réussit à bégayer :

— Là, sahib ! Là ! Ne bougez pas !

Malgré l'avertissement, Hubert se dressa sur un coude et ce qu'il vit lui glaça le sang dans les veines. Un magnifique « naja », un serpent à lunettes, se dressait tout près, langue sortie, le fixant de ses petits yeux cruels, prêt à frapper...

Hubert ne pouvait même plus savoir combien de fois la rapidité de ses réflexes lui avait sauvé la vie. Là encore, sa réaction foudroyante le tira d'affaire. Ses deux mains ayant saisi le drap le rabattirent comme un capuchon sur la tête de l'épouvantable reptile et l'enveloppèrent, cependant que tout son corps pivotait pour jaillir hors du lit.

Il termina l'emballage, jeta le paquet sur le tapis et roula celui-ci.

— Et voilà ! conclut-il en se retournant vers le garçon pas encore revenu de sa frayeur. Maintenant, mon petit vieux, à toi de jouer. Emporte ça…

— Où ? bégaya le Pakistanais en claquant des dents.

— Ça, je m'en fous. Fais-en cadeau à ta petite amie ou offre-le vivant à ta belle-mère, ça m'est bien égal. Tout ce que je te demande, c'est de l'enlever d'ici…

Le garçon se mit à pousser une sorte de glapissement, puis fila vers la porte comme s'il avait eu le diable à ses trousses. Hubert décrocha le téléphone, demanda le « service room » et raconta son histoire à un employé qui refusa de le croire. Il s'énervait et allait en venir aux grossièretés lorsque le fuyard reparut, poussant devant lui un homme habillé à l'occidentale et qui se présenta comme un des directeurs.

— Très heureux, répondit Hubert en raccrochant l'appareil. Ce n'est pas la première fois que je suis votre client, mais ce sera sûrement la dernière. Le thé au naja, très peu pour moi…

— C'est une histoire incroyable ! protesta l'autre. Absolument incroyable.

— Si vous ne le croyez pas, déroulez le tapis. Mais permettez que nous sortions, ce garçon et moi. Nous en avons assez vu pour ce matin…

— Je vous crois, monsieur. Je vous crois… Mais, c'est insensé ! On n'a jamais vu une chose pareille dans notre maison. Jamais ! Je ne comprends pas. Je ne comprends pas.

— Je ne vous demande pas de comprendre, mais de me débarrasser de ce vilain animal et de faire en sorte que cela ne se reproduise plus.

— Monsieur ! Nous allons faire le nécessaire. Tout de suite. Tout de suite !... Mais puis-je vous demander le secret ? La direction se fait un plaisir de vous inviter pour le temps que vous voudrez bien rester à Karachi... Pensez au tort que pourrait nous faire cette histoire si elle venait à s'ébruiter.

— Je ne dirai rien, promit Hubert. Mais à condition qu'il n'y ait pas de crocodile dans la baignoire...

Le garçon, dont le turban vert avait pris une inclinaison inhabituelle, se précipita dans la salle de bains et revint en secouant la tête avec énergie :

— La baignoire est vide, sahib. Vide !

— C'est heureux ! Maintenant, enlevez-moi ça...

Il montra le tapis roulé. Le directeur hésita, puis répéta le même geste et dit au garçon :

— Alors ? Tu es sourd ?

Le malheureux était de nouveau blême. Impatienté, Hubert attrapa lui-même le rouleau et le porta dehors sur la galerie.

— Débrouillez-vous, dit-il en rentrant. Et laissez-moi faire ma toilette...

Il les poussa vers la porte, referma, puis s'installa pour boire le thé et grignoter les quelques gâteaux secs qui l'accompagnaient...

Il ne souffrait d'aucun complexe de persécution, mais tout de même... Il n'était pas assez naïf pour croire que ce dangereux reptile s'était trouvé sur son lit par hasard. Quelqu'un avait dû l'apporter dans la nuit, l'introduire par la fenêtre ou par le vasistas ouverts. L'horrible bête était venue se blottir contre le dormeur, avait dû s'endormir à son tour... Et le garçon venant apporter le thé l'avait brusquement réveillée.

Un frisson secoua Hubert. Il l'avait échappé belle, et moins de douze heures après son arrivée. Cela commençait bien. L'adversaire frappait vite et fort. Mais quel adversaire ?

Il fit sa toilette, mit du linge propre et un complet de coton beige lavable. Il se disposait à descendre lorsque Cecilio de Coïmbra entra, sans frapper...

— Ne jouez pas trop à ce petit jeu-là, lui conseilla Hubert. Vous pourriez me surprendre et vous en repentir...

Il lui raconta l'incident du serpent.

— Vous êtes déjà repéré, conclut le Portugais avec une grimace.

— Cela me paraît évident.

— Que puis-je faire pour vous ?

Il proposait cela d'un ton qui exprimait clairement son désir de se tenir à l'écart. Hubert n'avait d'ailleurs aucune intention de le « griller ». Un bon agent permanent ne se trouvait pas facilement et Mr Smith ne serait pas content s'il lui compromettait celui-là...

— Rien. Je pense qu'il vaut mieux vous retirer de la course et me laisser faire...

Le Portugais parut sincèrement soulagé.

— J'aurais peut-être pu vous aider, ajouta-t-il cependant, sans la moindre conviction.

Il marcha vers la porte, se retourna avant de sortir.

— Bonne chance.

Hubert eut l'impression qu'il le considérait déjà comme un homme mort, mais Hubert, heureusement, n'était pas impressionnable.

Il attendit une demi-minute en observant le trafic dans la rue, puis quitta sa chambre. En bas, des jets d'eaux arrosaient le jardin luxuriant enfermé dans la cour intérieure, véritable explosion de couleurs vives. Il descendit, gagna la salle à manger et se fit servir un copieux breakfast, à l'anglaise.

Il mangea de bon appétit, puis retourna dans le hall et trouva le portier de jour derrière son bureau.

– Vous souvenez-vous de Mrs Mary Mac Bean ? demanda-t-il. Elle était ici la semaine dernière...

Le portier servit deux ou trois clients qui réclamaient des journaux, puis répondit, peu aimable :

– Je ne me souviens pas. Je vois tant de monde...

Hubert lui donna un pourboire, puis lui montra la photographie prise par le Portugais.

– Vous la reconnaissez ?

Le portier la regarda brièvement.

– Oui, très bien. Elle est venue le lendemain de son départ chercher du courrier.

– Elle ne vous a pas donné sa nouvelle adresse ?

– Non, monsieur.

– Elle avait du courrier ?

– Je n'ai pas le droit de vous le dire.

Hubert lui montra son passeport.

– Je suis son neveu. Je voudrais savoir si elle a reçu une lettre que je lui avais envoyée, annonçant mon arrivée.

– Il y avait une lettre, mais elle ne venait pas d'où vous venez.

– D'où venait-elle ?

Silence. Hubert chercha une nouvelle coupure dans son portefeuille.

– De Peshawar, monsieur. C'est tout ce que je sais.

– D'autres que moi vous ont-ils déjà posé ces questions ?

– Pourquoi ?

— Parce que vous semblez fatigué d'y répondre.
— C'est possible, monsieur.
— Combien de personnes ?
— Deux. Bonne matinée, monsieur.

Hubert s'éloigna, passa entre les deux nains qui étaient de service et descendit dans la rue, repoussant les sollicitations d'une dizaine de mendiants, de guides et de chauffeurs de taxi.

Mrs Mary Mac Bean avait quitté le Metropole parce que la chambre qu'elle y occupait était retenue depuis un certain temps par un autre voyageur. Le lendemain de son départ, elle était revenue demander son courrier au portier. Elle avait donc passé la nuit à Karachi, probablement dans un autre hôtel…

Des hôtels, à Karachi, Hubert en connaissait un certain nombre : le Beach Luxury, le Carlton, le Central, le De Luxe, le Palace, etc. Mrs Mary Mac Bean ayant logé au Metropole, il fallait chercher dans des établissements de classe sensiblement équivalente, bien que l'encombrement permanent de ces établissements ait pu obliger la mystérieuse Australienne à se rabattre vers des maisons de seconde catégorie…

Le Palace semblait tout indiqué pour une première démarche, en raison même de sa proximité. Hubert prit à droite, puis traversa la chaussée à l'autre bout de la place pour continuer à pied sur le bon côté de Kutchery Road, c'est-à-dire du côté de l'ombre…

Bien qu'il fût à peine 9 heures, la chaleur était déjà pénible. Hubert marchait lentement sur le bas-côté de terre battue, sous le couvert des arbres, indifférent au spectacle bariolé de la rue sur laquelle circulaient d'étonnants véhicules tirés par des chameaux, ou par des petits ânes gris attelés deux par deux, des camions bringuebalants peints de couleurs criardes, des rickshaws motorisés, sortes de taxis triporteurs dont quelques-uns possédaient des mécaniques de Vespa, des automobiles anglaises, américaines et même françaises…

Il croisait des gosses misérables, à demi nus, qui tendaient la main en demandant le bakchich, des femmes en *purda*, couvertes d'une sorte de toile de tente munie d'un judas grillagé à hauteur des yeux…

Il marchait lentement, sans cesser de réfléchir aux données du problème. Il pensait que le Portugais ne s'était pas donné beaucoup de mal pour retrouver la trace de la femme disparue. Ce travail de recherche dans les hôtels aurait pourtant dû être fait par lui avant l'arrivée d'Hubert…

Il vit soudain un gosse se figer devant lui et crier quelque chose qu'il traduisit par « Attention ! ». Il entendit le rugissement d'un moteur et se jeta de côté avec la rapidité de l'éclair. Il roulait dans un buisson lorsque le choc se produisit, doublé d'un hurlement terrifiant. Il se releva en souplesse, regarda le corps déchiqueté de l'enfant qui gisait dans la poussière, puis le cul de la camionnette qui s'éloignait à toute vitesse…

Des gens arrivaient en criant et gesticulant. Un médecin qui passait par hasard se pencha sur la petite victime.

— Plus rien à faire, annonça-t-il très vite. Il a été tué sur le coup.

Puis ce fut la police. Deux hommes en civil, flanqués d'agents mal à l'aise dans leurs uniformes bleu sale. Hubert expliqua aux deux civils, qui parlaient anglais, comment le drame s'était déroulé. Il n'avait rien vu. Il marchait à gauche. Il avait entendu l'enfant crier et il s'était jeté de côté…

On voyait très nettement dans la poussière les traces des pneus qui avaient quitté la chaussée goudronnée à dix mètres de là. Hubert savait bien que ce n'était pas l'enfant que l'on avait visé, mais lui…

Un policier lui demanda s'il avait pu relever le numéro de la voiture. Non, le nuage de poussière était trop épais. Il avait simplement vu sur une plaque, assez haut : « PRIVATE CARRIER ». Mais les transporteurs privés étaient légion à Karachi…

Les grands corbeaux, qui assurent au Pakistan, comme dans toute cette région de l'Asie, le service de la voirie, s'étaient rassemblés au-dessus de Kutchery Road. Ils avaient senti l'odeur du sang et tournoyaient en planant, obscurcissant le ciel et le faisant vibrer de leurs croassements sinistres.

Avec ce fatalisme propre aux Orientaux, et plus encore aux Hindous, les gens se désintéressaient déjà de l'affaire. Des enfants, il en mourait tous les jours dans la rue, de faim, de maladie ou d'autre chose. Passé le choc émotionnel de l'accident, il ne restait plus qu'un cadavre, à peine plus horrible qu'un autre. Et ce rouge qui teintait le sol n'était pas fait pour émouvoir ces mâcheurs de bétel qui passaient leur temps à consteller de crachats écarlates les trottoirs de leur ville…

La foule se dispersa aussi vite qu'elle s'était réunie. Poliment, Hubert demanda aux policiers s'ils avaient encore besoin de lui. Non, il n'avait rien vu, il ne pouvait être d'aucun secours. Au revoir et merci…

Il refusa les offres de service de plusieurs conducteurs de rickshaws à moteur et traversa la rue pour marcher à droite, nonobstant le soleil, face à la circulation[1].

---

1. Comme dans tous les pays sous influence anglaise, on circule à gauche au Pakistan.

Des gens se prélassaient déjà sur la pelouse du Palace. Hubert gagna directement le bureau et répéta sa petite histoire du neveu qui cherchait sa tante.

— Mais certainement, monsieur, répondit le concierge, un Européen qui parlait anglais avec l'accent français. Mrs Mac Bean a logé ici une nuit, la semaine dernière…

— Ah ! fit Hubert, heureusement surpris. Elle a dû vous laisser une adresse ?

— Non, monsieur.

— Peut-être savez-vous quelle direction elle a prise ? Elle a dû se faire conduire quelque part, à une gare, à l'aéroport ?

— Non, monsieur. Elle a téléphoné dans la journée qu'elle était obligée de s'absenter et que nous pouvions disposer de sa chambre, qu'elle enverrait quelqu'un régler sa note et prendre ses bagages…

Hubert fronça les sourcils.

— Quelqu'un est venu ?

— Oui. Mais pas tout de suite. Seulement avant-hier…

Cela se rapprochait.

— Un homme ? Une femme ?

— Un homme. Assez jeune…

— Hindou ?

— Non, sûrement un Anglais. Il avait une lettre de Mrs Mac Bean, nous priant de lui remettre ses bagages. Il a payé et…

— Vous avez cette lettre ?

Le concierge prit un air ennuyé :

— Je ne vais pas vous mentir, monsieur. Je me suis aperçu après que cet homme avait remporté sa lettre. Je croyais pourtant bien que…

— Comment avez-vous su que cette lettre était de Mrs Mac Bean ?

L'employé parut surpris et se troubla.

— Eh bien, je… Votre tante avait prévenu. Elle avait dit que…

— C'est vous qui avez reçu cette communication ?

— Non, c'est un jeune employé de la réception. Il…

— Ma tante avait beaucoup de bagages ?

— Oui. Quatre ou cinq valises, je crois…

— On a dû aider cet homme à les charger dans une voiture ?

— Certainement, monsieur. Je vais appeler les grooms.

Ils vinrent, habillés de kaki. Hubert leur montra la photo prise par le Portugais. Ils la reconnurent, sans plus. Le concierge leur rafraîchit la mémoire pour les bagages. Ils croyaient bien que l'homme avait un taxi, mais ne pouvaient l'affirmer…

Un client, un Occidental, qui venait déposer sa clé, regarda la photographie restée sur le comptoir, puis dit à Hubert :

— Excusez-moi, j'ai entendu votre conversation. Vous cherchez cette dame ?

— C'est ma tante, monsieur. Elle m'avait donné rendez-vous ici et elle est partie maintenant je ne sais où. À vrai dire, je suis assez inquiet…

— J'ai vu cette dame, il n'y a pas plus de deux ou trois jours, un soir, au Beach Luxury. J'avais invité quelques amis au dîner-spectacle et cette dame se trouvait à une table voisine.

— Seule ?

— Un jeune Anglais lui tenait compagnie. Il est parti de bonne heure et une danseuse de la troupe qui passe actuellement là-bas est venue rejoindre votre tante après l'exhibition...

— Avez-vous eu l'impression qu'elle habitait là-bas ?

— Je ne saurais vous dire. Il me semble que les garçons du restaurant la connaissaient.

— Comment était-elle habillée ?

— Comme sur votre photo, c'est pourquoi je l'avais remarquée. Toutes les autres femmes étaient en robe...

— Je comprends, interrompit Hubert, du ton d'un neveu affectionné qui n'aime pas entendre dire des choses désagréables sur sa tante.

— Vous ne pouvez pas vous souvenir exactement de la date ?

L'homme fit un effort de réflexion, puis sortit un agenda de sa poche et le feuilleta...

— Attendez... Voilà. C'était avant-hier. Exactement.

— Le soir ?

— Entre 21 et 23 heures.

Hubert se retourna vers le concierge.

— Et les bagages ont été enlevés à quel moment ?

— En fin de matinée, monsieur.

— Avant-hier également ?

— Avant-hier, monsieur. J'en suis absolument certain.

Les grooms confirmèrent. Hubert remercia son informateur imprévu, donna quelques pourboires autour de lui et repartit, croisant un des garçons du restaurant, superbe dans sa tenue blanc et or.

Il regagna la rue, traversa prudemment et monta dans un des taxis qui stationnaient en bordure de l'immense terrain vague sur lequel quelques petits bronzés vêtus de blanc s'exerçaient au cricket.

— Beach Luxury, *please*.

— *Okay*.

La voiture démarra en trombe, soulevant un nuage de poussière. Hubert fit remarquer au conducteur qu'il avait oublié de déclencher le compteur.

— Il marche pas, sahib.

Hubert n'en crut rien. Mais, de toute façon, compteur ou pas compteur, il fallait toujours discuter le prix à l'arrivée.

— Combien pour la course ?

— Te casse pas la tête, sahib.

— C'est à toi que je vais casser la tête si tu me prends trop cher.

Le Pakistanais se mit à rire, pas inquiet du tout. Hubert abandonna la discussion. Il avait mieux à faire…

La piste s'était réchauffée en peu de temps. Il savait maintenant que l'étrange « Mamie » se trouvait encore à Karachi moins de quarante-huit heures plus tôt. Mais pourquoi avait-elle laissé ses bagages si longtemps au Palace et pourquoi, les ayant fait prendre, avait-elle assisté au dîner-spectacle du Beach vêtue de son peu reluisant tailleur de voyage, alors qu'elle devait bien posséder dans ses valises une ou deux de ces stupéfiantes robes du soir qu'affectionnent les vieilles dames du Commonwealth ?…

Et ce jeune Anglais qui dînait avec elle ne faisait-il qu'un avec celui que le concierge du Palace avait vu ?

Hubert décolla son dos de la banquette car il recommençait à transpirer. Deux ou trois jours lui seraient nécessaires pour s'adapter. Il souhaitait vivement que la piste de « Mamie » le conduisit vers le nord, plus agréable que cette grande ville sale, puante et poussiéreuse…

Ils approchèrent des marais et il dut se boucher le nez. Presque aussitôt, le vaste bâtiment du Beach Luxury apparut.

— Combien ?

Le chauffeur arrêta la voiture et répondit sans sourciller :

— Vingt roupies[1].

Hubert lui en donna cinq, ce qui était déjà fort bien payé, et descendit, poursuivi par les malédictions du Pakistanais sincèrement indigné.

Le hall était à peu près désert, si l'on exceptait une sorte de nabab bedonnant, surmonté d'un turban rose, qui bavardait fort amicalement avec la vendeuse, charmante, du stand de librairie et tabacs. Hubert se rendit tout droit au bureau de l'hôtel et refit pour la troisième fois son petit numéro du neveu qui...

Un employé de la réception fit des recherches dans le livre de police, mais ne trouva aucune trace d'une Mrs Mac Bean. Hubert vérifia lui-même, sans plus de succès. Il pensa que « Mamie » avait pu changer d'identité, par souci de prudence, et sortit la photographie...

— Non, monsieur. Je n'ai jamais vu cette dame...

— Pourtant, je suis certain qu'elle dînait ici avant-hier au soir.

— C'est possible, monsieur. Mais, on peut entrer dans l'hôtel, aller au bar, puis au restaurant, sans passer par la réception. Je regrette.

C'était vrai. Hubert soupira.

— Pourrais-je voir les garçons du restaurant ? Ils se souviendront certainement.

— Ils n'arrivent que vers 11 heures, monsieur.

Hubert consulta sa montre : 9 h 15.

— Je reviendrai.

Il s'éloigna. Que faire, en attendant ? Il décida de retourner au Metropole. Avec cette chaleur, les

1. La roupie pakistanaise vaut environ 130 francs (1958).

chaussures neuves qu'il avait trouvées dans ses bagages à San Francisco lui faisaient mal aux pieds et il jugeait prudent de remettre ses vieilles avant qu'une bonne série d'ampoules l'empêchât tout à fait de marcher.

Le chauffeur de taxi qui l'avait amené était toujours là, attendant le client. Hubert lui fit un signe et la voiture vint aussitôt.

— Rien trouvé ? questionna le Pakistanais sans savoir de quoi il s'agissait et sans paraître se souvenir de l'incident qui les avait opposés quelques minutes auparavant.

— Occupe-toi de tes oignons, répliqua aimablement Hubert, et emmène-moi au Metropole.

— Le Metropole, c'est plus loin que le Palace. Ce sera vingt-deux roupies.

— C'est ça, bonhomme, compte là-dessus.

Il monta. La voiture démarra. De nouveau, la puanteur des marais. Ils rejoignirent la route, au bout du terrain vague qui s'étendait autour de l'hôtel.

Ainsi, Mrs Mac Bean n'avait pas habité au Beach Luxury. Elle devait pourtant bien loger quelque part dans Karachi et, s'il fallait en croire le dernier témoin, elle était encore libre de ses mouvements l'avant-veille.

Hubert repassa soigneusement dans sa mémoire tous les témoignages qu'il avait recueillis, craignant qu'un détail ne lui eût échappé. Il ne trouva rien. Arrivé au Metropole, il donna six roupies au chauffeur qui explosa littéralement :

— J'ai dit vingt-deux roupies !

— Et alors ?

— Donne-moi au moins sept roupies. Pour le trajet en plus.

— Tu me fatigues. La septième roupie, c'est pour mon bakchich !

— Pour ton bakchich ? bégaya le Pakistanais qui n'en revenait pas. Ça alors !

Hubert gagna rapidement le hall, repoussant les mendiants qui assiégeaient l'hôtel. Il alla voir le portier :

— Toujours pas vu ma tante ?

— Non, monsieur.

Il prit sa clé, puis l'ascenseur. Une surprise l'attendait dans sa chambre. En présence du directeur qu'il connaissait déjà, des policiers étaient occupés à fouiller soigneusement ses valises. Deux pistolets automatiques, une grenade et un plan soigneusement dessiné à l'encre de Chine sur une feuille de papier fort qui avait dû être pliée en quatre s'étalaient sur le lit.

— Qu'est-ce qui se passe, ici ? s'étonna Hubert.

— Voici Mr Mac Bean, annonça le directeur d'un air ennuyé.

L'un des policiers vint se planter devant Hubert.

— Je suis le commissaire Abdul Azis Sharif, dit-il.

— Très heureux. Maintenant, j'aimerais savoir ce que vous faites ici...

Un agent avait refermé la porte et s'y était adossé. Hubert fit semblant de n'avoir rien remarqué. Il venait de comprendre que son retour à l'hôtel avait été une fameuse erreur et il se promit de ne jamais plus mettre de chaussures neuves dans un pays chaud.

— Très volontiers, répliquait le commissaire avec beaucoup de courtoisie. Nous avons été informés par téléphone de votre présence dans cette ville et de vos intentions. Vous veniez de sortir lorsque nous sommes arrivés. Finalement, nous nous sommes décidés à prendre un témoin pour la perquisition...

D'un geste large, il montra le directeur de l'hôtel puis le petit arsenal qui encombrait le lit. Hubert demanda, très circonspect :

— Voulez-vous dire que vous avez trouvé ces armes dans cette chambre ?

— Dans votre valise, exactement.

Hubert prit le temps de digérer l'information.

— Dans ma valise... Comme c'est drôle !

— Personnellement, reprit le commissaire, je ne trouve pas ça drôle. Qu'un ressortissant d'un puissant pays, allié du nôtre, pénètre sur notre territoire avec l'intention d'assassiner le représentant d'un autre grand pays ne peut que me consterner...

— Assassiner... Ah ! Parce que j'avais l'intention d'assassiner le...

— Oui. Ne niez pas. Nous avons trouvé le plan de l'ambassade.

Hubert crut se rappeler qu'on lui avait déjà fait un coup semblable, il ne savait plus où ni comment. Mais le truc était assez bon pour être répété.

— Si vous reconnaissez les faits, proposa le commissaire d'un ton vraiment navré, tout peut encore s'arranger. Nous n'avons aucun intérêt à provoquer un incident diplomatique avec le pays que... Bref, nous nous contenterons de vous mettre dans le premier avion qui passera, à destination de l'étranger.

— C'est très aimable de votre part, reconnut Hubert. Mais je voudrais bien savoir de quelle façon ces armes et ce plan de je ne sais d'ailleurs quelle ambassade sont arrivés ici.

— Vous niez ? s'étonna le commissaire.

— Je nie et je m'élève avec la plus grande force contre de tels procédés.

Le visage du commissaire se crispa.

— Voulez-vous signifier que vous nous soupçonnez d'avoir apporté nous-mêmes ces pièces à conviction ?

— Oh ! non. Sûrement pas. J'ai confiance dans la police pakistanaise et aussi en ce gentleman…

Il s'inclina vers le directeur qui lui rendit son salut.

— Mais je maintiens que ces divers objets ne m'appartiennent pas. Je vous défie d'ailleurs d'y trouver mes empreintes. Et, mieux… Ceux qui m'ont joué ce mauvais tour n'ont pas pensé que je pouvais justifier, par mon billet de passage-avion, du poids de mes bagages. Ces… objets doivent peser lourd.

— Vous aviez des bagages à main. Ils échappent au contrôle.

— Vous ignorez sans doute qu'au départ d'Honolulu, tous les bagages sans exception sont contrôlés, pour une histoire de graines. Je puis en faire la preuve.

— Admettons. Quelqu'un vous attendait hier soir à l'aéroport. C'est lui qui vous a remis ces armes et ce plan.

— Comme c'est vraisemblable ! Déplacer quelqu'un de quinze mille kilomètres lorsqu'il y a déjà des gens sur place ? Très drôle.

— Vous allez nous suivre au commissariat. Nous devons vous interroger dans les règles…

— Très volontiers. Plus vite cela sera terminé, mieux cela vaudra. Je vous signale simplement que je suis venu au Pakistan pour retrouver ma tante qui a disparu et que l'on a déjà tenté ce matin d'attenter à ma vie. Vous feriez mieux de m'aider à retrouver cette pauvre femme…

— Allons-y, décida le commissaire. Vous nous expliquerez tout ça en détail…

4

Hubert s'arrêta un instant dans le hall pour regarder les photographies des Bing Bell Girls qui constituaient la principale attraction des dîners-spectacles du Beach Luxury. Il y avait, dans la troupe, un certain nombre de jolies filles et Hubert se demanda laquelle de ces jeunes personnes peu vêtues connaissait Mrs Mary Mac Bean, plus familièrement appelée « Mamie ».

Perplexe, il se rendit au bar, s'installa sur un tabouret et dit au barman européen qui venait aux ordres :

— *Scotch and soda.*

Il était près de 21 heures et cela ne faisait pas longtemps que les policiers l'avaient relâché, apparemment convaincus de sa bonne foi. Le commissaire Abdul Azis Sharif lui avait même promis de l'aider à retrouver sa chère « tantine » ; mais Hubert, qui en savait beaucoup plus que M. Abdul Azis Sharif sur le métier, ne se faisait aucune illusion. Les policiers pakistanais avaient décidé de lui appliquer le régime de la « longue corde », c'est-à-dire de le laisser filer sous une surveillance aussi discrète qu'efficace, avec l'espoir qu'il les conduirait à d'éventuels complices…

Cela n'était pas pour déplaire à Hubert. L'intervention de la police gênerait bien plus ses adversaires que lui-même qui, en tant que neveu, avait une raison « officielle » de rechercher Mrs Mary Mac Bean. Et la présence continuelle de policiers derrière lui pouvait suffire à interdire aux autres de nouveaux attentats.

Le barman posa le verre de scotch, attira un siphon, puis alla chercher quelques amuse-gueule. Hubert le remercia, s'assura que les autres clients du bar – les trois quarts de race blanche – ne lui prêtaient aucune attention, tira de sa poche la photographie de sa « tante » et répéta pour la énième fois son attendrissante histoire de neveu-à-la-recherche-de…

— Elle était ici avant-hier soir, confirma le barman. Une femme du tonnerre, sifflant le whisky comme un Lord écossais…

Il se troubla et voulut s'excuser.

— Oh ! pardon… C'est votre tante…

Hubert sourit pour le rassurer.

— Toute la famille sait bien que « Mamie » possède une bonne descente. Elle était seule ?

— Oui. Et elle avait l'air de s'ennuyer sérieusement, si vous voyez ce que je veux dire.

— Très bien. L'ennui appelle le whisky, hein ?

Le barman eut un sourire entendu.

— Elle vous a parlé ?

— Oui…

Réticence. Hubert insista :

— Elle est quelquefois un peu drôle, mais pour la retrouver aucun détail ne m'est inutile…

Le barman se gratta l'occiput.

— Je crains que ce détail-là ne vous soit d'aucun secours. Elle… Enfin, quoi, elle m'a fait des propositions.

Hubert éclata de rire.

— Sacrée tantine ! Toujours verte, hein ?

— Verte et un peu mûre, murmura le barman entre ses dents.

— Elle est restée longtemps ?

— Une demi-heure. Après, elle est allée dîner. C'est du moins ce qu'elle m'a dit. Je ne l'ai pas revue…

Le barman s'éloigna, sollicité par une arrivée de nouveaux clients qui parlaient français entre eux. Hubert les écouta quelques instants. Ils étaient ingénieurs et s'occupaient de grands travaux pour le compte du gouvernement pakistanais.

Il paya, laissa un royal pourboire et gagna la salle à manger. Le spectacle n'était pas encore commencé. Le maître d'hôtel lui trouva une bonne place en bordure de piste. Hubert lui glissa dans la main un billet de dix roupies et lui montra la photographie de Mamie.

— C'est ma tante, elle est venue dîner ici avant-hier soir. Elle a disparu et je la cherche. Pouvez-vous m'envoyer le garçon qui l'a servie ?

— Je la reconnais parfaitement, monsieur. Mais je crois que ce garçon n'est pas là ce soir. Que voulez-vous savoir ? Je me suis occupé personnellement d'elle… Une dame tout à fait charmante.

— Quelqu'un l'accompagnait, je crois ?

Le maître d'hôtel s'étonna.

— Quelqu'un ? Non. Elle était seule, monsieur. Tout au moins pendant le dîner…

— Vous êtes sûr ? On m'a dit qu'un homme l'accompagnait, un Anglais, d'une trentaine d'années…

— Pas avant-hier, monsieur. Elle n'avait qu'un couvert.

— Une des Bing Bell Girls est venue à sa table après le spectacle.

— Oui, je m'en souviens très bien. Françoise…

— Une Française ?

— Je crois.
— Je voudrais lui parler.
— Je peux lui faire passer un mot, monsieur.
— Volontiers.

Le maître d'hôtel envoya un de ses garçons, veste et pantalon bouffant blancs, ceinture et turban rouges, chercher une feuille de papier et une enveloppe. Hubert fit son menu pendant ce temps, puis écrivit :

Mademoiselle,

Je suis le neveu de Mrs Mary Mac Bean, avec qui vous avez bavardé après le spectacle, avant-hier. J'aimerais vous parler à son sujet, le plus tôt possible.

Sincèrement vôtre,
Horace Mac Bean

Il plia la feuille, la glissa dans l'enveloppe et donna le tout au maître d'hôtel, accompagné d'un bakchich largement calculé.

Il en était aux hors-d'œuvre lorsque le spectacle commença. Le maître d'hôtel lui apporta la réponse de Françoise : un simple bout de papier sur lequel on avait griffonné des chiffres : 604. 00. 30.

Il était très exactement minuit trente lorsqu'Hubert s'immobilisa dans le couloir à demi obscur, devant la porte 604. Il était monté à pied et venait de passer sans bruit devant le garçon d'étage endormi.

Un grattement de l'ongle sur le bois. Il tendit l'oreille. Une voix de femme, un murmure, demanda :

— Qui est là ?
— Horace Mac Bean, répondit-il sur le même ton.

Le battant s'ouvrit, déversant un flot de lumière dans le couloir. Hubert entra vivement. La jeune femme referma, puis s'adossa au mur. Elle était grande, blonde, avec un visage plein de charme, de jolis yeux bleus et une bouche attirante.

— J'ai gagné, dit Hubert. Je m'étais amusé à deviner qui était Françoise dans la troupe, et j'ai gagné.

— Comment avez-vous fait ?

— Très simple. Toujours optimiste, j'ai choisi la plus belle...

— Vous êtes gentil, répliqua-t-elle avec une réserve de bon aloi. Vous voudrez bien excuser ma tenue, mais je viens de prendre une douche et il fait tellement chaud ici... Nous n'avons pas droit à l'air conditionné.

Elle était vêtue d'un peignoir le coton blanc à fleurs vives, qui flottait autour d'elle, dissimulant les formes de son corps. Hubert regarda le ventilateur qui brassait l'air sous le plafond.

— Ouvrez la fenêtre.

— Impossible. La puanteur des marais...

Il fit quelques pas dans la chambre, petite mais correctement meublée.

— Votre numéro est très bon, vous savez.

— Vous êtes gentil. Orekhov affirme toujours que les Bing Bell Girls valent bien les Blue Bell. Il exagère passablement.

— Qui est Orekhov ?

— Notre maître de ballet. Le patron...

— Celui qui n'a pas les moyens de vous offrir des chambres à air conditionné ?

Elle rit.

— Exactement. Prenez donc le fauteuil. Je m'assiérai sur le lit.

Il n'avait aucune envie de s'asseoir dans cette atmosphère étouffante. Il s'installa de biais sur un accoudoir du siège sous le souffle du ventilateur…

— Vous pouvez enlever votre veste.

Il la remercia et se mit à l'aise.

— Ainsi, reprit-elle, vous êtes le neveu de cette charmante vieille dame… Elle ne m'a jamais parlé de vous, mais il est vrai que je la connais bien peu.

— Comment l'avez-vous connue ?

— À Calcutta, il y a de cela… environ six mois.

— Excusez-moi, vous êtes française ?

— Oui. Cela s'entend, n'est-ce pas ?

Cela s'entendait, en effet.

— Nous pouvons parler français, si vous le voulez.

— Oh ! chic… Si vous saviez ce que j'en ai marre de « *speaker* » *english* !

— Vous me racontiez comment vous avez connu ma tante.

— Oui, nous passions avec toute la troupe au Grand Hôtel.

— Sur le Maïdan ?

— Vous connaissez ?

— Oui.

— Un après-midi, je m'étais égarée dans le centre de la ville et je cherchais vainement un taxi. Une voiture s'est arrêtée. Votre tante était dedans. Elle habitait au Great Eastern, mais elle avait vu notre spectacle et m'avait reconnue.

— Elle vous a ramenée ?

— Oui. Absolument charmante. Nous nous sommes revues à plusieurs reprises, elle venait me chercher pour aller faire des courses. Nous parlions français, comme avec vous.

— C'est une tradition de famille. Charmante vieille tante ! Et, comment l'avez-vous retrouvée, ici ?

Elle se posa précautionneusement au bord du lit.

— Tout à fait par hasard. Avant-hier soir, je l'ai reconnue dans la salle. Je suis venue la voir après le spectacle. Elle était contente…

— Elle dînait seule ?

— Oui.

— Comment était-elle habillée ?

La jeune femme pouffa :

— Avec une robe assez étonnante, en tapisserie blanche et mauve. Un genre de robe sac, mais qui ne venait sûrement pas de Paris.

Hubert resta perplexe. Ce type qui lui avait adressé la parole le matin même, au Palace, avait prétendu que Mrs Mac Bean était accompagnée d'un jeune Anglais et vêtue de son tailleur de voyage. Pourquoi avait-il menti sur ces deux points et de façon aussi grossière ?

L'homme savait sans doute que Mrs Mac Bean avait dîné l'avant-veille au Beach Luxury, et qu'une danseuse était venue la rejoindre à sa table, après le spectacle, mais il ne l'avait pas vue. Il n'était pas, lui-même, ce soir-là dans la salle de restaurant du Beach Luxury. Il avait ajouté l'Anglais parce qu'il avait entendu le portier du Palace en parler et dit qu'elle était en tailleur parce qu'elle était ainsi sur la photographie. Mais dans quel but ?

— Quelque chose vous chiffonne ? questionna la Française.

— Oui, je vous en toucherai deux mots après. Continuez. Je ne vous ai pas dit que ma tante avait disparu…

Elle sourit, sans gaieté.

— Je me doutais bien qu'il lui était arrivé quelque chose.

— Pourquoi ?

— Elle m'avait dit qu'un grave danger la menaçait. Elle paraissait très inquiète…

— Avant-hier ?

— Oui.

Elle serra ses bras contre sa poitrine et frissonna.

— J'ai encore une impression de malaise quand j'y repense.

Hubert, sans cesser de l'écouter, réfléchissait aux raisons qui avaient pu pousser l'inconnu du Palace à lui donner cette information à demi erronée.

Il se leva, brusquement alerté, et son regard exercé parcourut tous les coins de la pièce…

— Que cherchez-vous ? s'étonna la Française.

Il mit un doigt sur ses lèvres et répliqua :

— Des cigarettes.

Elle resta bouche bée, pas habituée à enchaîner sur des surprises de ce genre. Il se mit à parler des inquiétudes que lui donnait la disparition de sa tante, qui n'avait pas l'habitude de se livrer à de mauvaises plaisanteries et…

Il avait trouvé. Le fil de la lampe de chevet était doublé d'un autre fil, apparemment sans utilité. Il souleva la lampe, très doucement, et découvrit un micro fixé dans le creux du pied avec du sparadrap. Installation de fortune, mais qui devait quand même donner quelques satisfactions à son auteur…

Il reposa la lampe sur un livre, afin d'éviter le choc du cuivre contre le bois, que le micro aurait amplifié. Il parlait toujours, racontant sans hâte ses démarches depuis la veille.

Le fil, après avoir couru le long d'une plinthe, disparaissait dans un placard mural. Le petit curieux se trouvait donc certainement dans la chambre voisine, de ce côté-là.

Sans cesser de bavarder, Hubert écrivit un mot destiné à la jeune danseuse :

Prenez ma relève. Lancez-vous dans la plus longue histoire que vous pourrez trouver concernant ma tante.

Il lui tendit le papier. Elle avait vu le micro, compris ce que cela impliquait et tremblait de peur. Après avoir lu, elle parut embarrassée, incapable de prendre l'initiative. Il dit :

— Racontez-moi par le détail votre conversation. Une parole qui a pu vous paraître insignifiante peut me donner une piste. On ne sait jamais…

Elle se mit à parler. Il quitta la pièce, refermant avec mille précautions, et gagna sans bruit la porte voisine.

Impossible de voir quoi que ce soit à travers le trou de la serrure. Inutile d'essayer d'ouvrir. S'il n'était pas tombé de la dernière pluie, le curieux avait dû s'enfermer, indispensable précaution dans un pays où les garçons d'hôtel avaient l'habitude d'entrer sans frapper dans les chambres des clients.

Passer par l'extérieur ? À cause de la proximité des marais, les fenêtres étaient munies de moustiquaires, difficiles et longues à démonter. Un seul moyen…

Il prit rapidement la direction du palier où il avait vu, en montant, le garçon d'étage endormi. Si Allah était vraiment bon, le bonhomme dormirait encore…

Allah était vraiment bon. Hubert s'approcha sur la pointe des pieds, tendit l'oreille afin de s'assurer que personne ne hantait les parages, puis, avec la dextérité d'un pickpocket, soulagea le dormeur de son passe-partout…

Sans incident. Le pauvre garçon fatigué l'avait échappé belle, car Hubert ne lui aurait pas laissé le temps d'appeler en cas de réveil. Aux grands maux les grands remèdes.

Il refit en sens inverse le chemin qu'il venait de parcourir, entendit en passant devant le 604 la danseuse qui continuait de parler toute seule, s'arrêta devant le 605, introduisit le passe dans la serrure et ouvrit sans hésiter.

Allongé à plat ventre sur le sol, coiffé d'un casque d'écoute qui lui bouchait les oreilles, l'occupant des lieux ne l'entendit même pas entrer. Hubert prit le temps de refermer et de pousser le verrou. Puis il regarda autour de lui. Une valise fermée était posée sur la table, rien ne traînait. Cela sentait le départ imminent.

Hubert passa tranquillement derrière l'homme allongé face au mur, le fil des écouteurs passant par le trou d'une conduite d'eau, et ouvrit la valise qui n'était pas fermée à clé. Du linge, des objets de toilette. Absolument rien de compromettant, si l'on exceptait une matraque en caoutchouc, patinée par l'usage.

Hubert conserva la matraque et pivota lentement sur lui-même à l'instant que le bonhomme, obéissant probablement à une impulsion, se soulevait de côté et l'apercevait.

Hubert le reconnut aussitôt.

— Tiens ! fit-il en souriant. Comme on se retrouve ! Je croyais que vous logiez au Palace ? Ils vous ont fichu dehors ?

L'autre, dès les premiers mots, avait retiré son casque. Circonspect, conscient de se trouver dans une position d'infériorité, il posa l'accessoire, puis essaya de se mettre debout.

— Ne bougez pas, ordonna Hubert. Vous êtes très bien comme ça.

L'homme obéit. Hubert reprit :

— Je comprends maintenant pourquoi vous m'avez lancé sur la piste de cette danseuse. Vous espériez qu'elle me recevrait dans sa chambre et qu'elle se montrerait suffisamment bavarde pour vous apprendre ce que vous cherchiez à savoir...

Le bonhomme, un peu revenu de sa surprise, maugréa :

— On ne peut rien vous cacher.

— Je suis un petit futé. Ma mère m'a fait comme ça...

— Vous n'êtes pas si futé que ça. La preuve, c'est que vous faites confiance à cette poule d'à côté...

Hubert avait relâché son attention et il paya immédiatement cette erreur. Son adversaire avait allongé le bras et saisi une chaise qui se trouvait à sa portée, la projetant de toutes ses forces en tournant sur lui-même. Hubert glissa sur le pavé et ne put éviter tout à fait le projectile improvisé. Touché à l'épaule, il alla se recevoir contre la table heureusement calée par le mur. Le temps de retrouver son équilibre, l'autre était debout, un automatique bien en main...

— Ne faites pas partir cet engin ici, conseilla Hubert. On l'entendrait d'en bas.

— Je vais me gêner ! ironisa l'homme. Placez-vous face au mur, à un mètre, et appuyez-vous des mains...

— Contre quoi ? demanda Hubert pour gagner quelques secondes.

— Contre le mur.

Ce curieux avait des lettres. Il connaissait des trucs qui ne s'apprennent pas seulement au cinéma.

Hubert obéit, n'ayant rien de mieux à faire pour l'instant. L'autre s'approcha. « Il va m'assommer », pensa Hubert. Et, soucieux d'éviter pareil dommage, il tenta le tout pour le tout en se jetant de côté…

Il se retourna en tombant et réussit à placer un ciseau aux jambes qui expédia le bonhomme à genoux, la tête contre le mur. Aucun coup ne partit (détente peu chatouilleuse ou sûreté non repoussée ?), mais l'automatique ne tomba pas. Empêtré sous le poids de son adversaire, Hubert ne put se dégager tout de suite. Il reçut le canon de l'arme en travers du cou et en fut à moitié assommé.

Crâne solide, l'autre fut debout le premier. Hubert fit le mort, attendit l'instant propice, replia brusquement ses jambes, souleva l'homme qui se penchait sur lui pour l'achever et le catapulta de toutes ses forces par-dessus sa propre tête…

Il y eut un bruit étrange de toile déchirée, suivie d'un cri d'épouvante… Hubert se redressa. Son adversaire avait disparu, mais un trou béant dans le fin grillage de la moustiquaire protégeant la fenêtre ouverte (celui-là ne craignait pas les odeurs) était une explication suffisante…

— Merde ! lâcha Hubert.

Il alla se pencher à l'extérieur. Un terrain vague, sablonneux, s'étendait de ce côté-là en direction des marais. Une tache noire ressortait sur le sol clair, tout en bas. Pas de réaction, nulle part.

Hubert repoussa la fenêtre et tira les rideaux. Puis il arracha le casque d'écoute avec son fil et le fourra dans la valise qu'il referma. Il utilisa son mouchoir pour effacer ses empreintes, puis quitta la pièce et regagna la chambre de la Française…

— Et alors, disait celle-ci, votre tante m'a dit…

— Ça suffit, coupa Hubert en refermant la porte. C'est fini et bien fini…

Elle soupira et laissa tomber les bras le long de son corps pour exprimer son épuisement. Sans perdre de temps, Hubert récupéra le micro sous la lampe, puis ce qui restait du fil qu'il avait brisé dans l'autre chambre.

— Il est parti ? questionna la jeune femme presque aphone.

— Oui, par la fenêtre. Je l'ai aidé un peu.

Elle devint pâle.

— Non ? Ce n'est pas vrai ?

— Il avait un automatique dans la main, peut-être l'a-t-il toujours. C'était lui ou moi. Ceci dit, je n'ai pas fait exprès de l'expédier par la fenêtre. J'aurais préféré le garder vivant pour le faire parler…

— Mon Dieu ! Quelle histoire !

Hubert la regarda.

— Vous l'avez dit. Vous regrettez maintenant d'avoir connu ma très charmante tante, je parie ?

— Oh ! Non… J'aime les aventures. C'est un peu pour ça que j'avais accepté de partir en tournée pour l'Asie et…

On frappait à la porte. Hubert retint son souffle. La jeune femme devint blême. Ils ne répondirent pas. On frappa de nouveau. Lentement, Hubert allongea le bras vers l'interrupteur et fit l'obscurité.

Il sentit contre son coude la main tremblante de la Française, à la recherche d'un contact rassurant. Il l'attira, la serra contre lui.

— Françoise ! Je sais que vous êtes là, ouvrez.

C'était dit en français, avec un terrible accent russe. Hubert sentit le corps crispé de la jeune femme se détendre. Elle murmura, faisant se toucher étroitement leurs joues.

— C'est Orekhov.

Quelle raison pouvait amener le maître de ballet chez sa danseuse à cette heure avancée ? Était-il son amant ?

— Françoise, pour la dernière fois, ouvrez !

Elle entoura Hubert de ses bras et se pressa contre lui, comme s'il avait pu la défendre contre l'insistance de son patron.

— Parfait, Françoise ! Je sais qu'il y a un homme dans votre chambre. Vous connaissez le règlement. À partir de maintenant vous ne faites plus partie de mon ballet. Adieu !

Il attendit un peu. Ils entendaient sa respiration sifflante de l'autre côté de la porte. Puis il s'éloigna... Un long silence, la danseuse soupira :

— Eh bien, me voilà saquée !

— Il ne peut pas faire ça, protesta Hubert. Comment voulez-vous qu'il vous remplace ?

— Vous ne le connaissez pas. À Calcutta, une copine avait eu une aventure avec un Français de passage. Il l'a mise à la porte sans se préoccuper de savoir si elle avait de quoi rentrer chez elle, en Angleterre. C'est un salaud. Il a l'esprit tourneboulé par les histoires de traite des femmes et tremble toujours de se voir accuser de pousser ses filles à la prostitution. C'est une chose assez courante dans des troupes comme la nôtre...

— Je sais. Qu'allez-vous faire ?

— J'en ai marre. Je vais rentrer en France.

— Avez-vous assez d'argent ?

— Non.

— Alors ?

Elle se raidit, et le repoussa.

— Une jolie fille sans scrupules n'est jamais embarrassée pour se procurer de l'argent. Il ne manque pas de nababs, dans ce pays, qui seront heureux de m'offrir mon billet de retour en échange de deux ou trois nuits.

Il se taisait, ennuyé.

— Cela vous choque ?

Agressive.

— Je n'ai pas de préjugés, répliqua-t-il.

— Je sais très bien ce qui m'attend si je ne me décide pas tout de suite : dans quelques années, très vite, on me retrouvera comme danseuse « montante » dans des beuglants de cinquième catégorie, ici ou à Calcutta, obligée de subir les pires déchets de l'humanité. Trois jours avec un nabab, même avec un vicieux, c'est vite passé. Et j'ai une grande faculté d'oubli.

Elle avait sûrement raison, mais il ne voulait pas en convenir.

— Je suis responsable. C'est à moi de vous aider...

— Je ne vous demande rien.

— Permettez-moi au moins de remplacer le nabab.

— Vous, je ne vous ferais pas payer.

— C'est bien gentil, mais... Faites-moi chanter. Vous savez que je viens de tuer un homme. Votre silence est d'or...

Elle riposta d'une voix grinçante :

— Si je savais où se trouve votre tête, je vous giflerais...

Il chercha l'interrupteur à tâtons et ralluma. Elle pleurait. Il la reprit dans ses bras et l'embrassa doucement à la naissance des cheveux.

— Vous êtes courageuse, mais cela ne suffit pas...

Son regard passant sur la fenêtre lui rappela quelque chose de désagréable.

— Écoutez, Françoise, on risque de découvrir le corps du type d'un instant à l'autre et la police viendra sûrement frapper à cette porte. Il vaut mieux qu'elle ne vous trouve pas ici… Allons-nous-en.

— Où ?

— Je vous offre l'hospitalité au Metropole. Vous m'avez dit tout à l'heure que vous ne me feriez pas payer…

Elle sourit, ravalant ses larmes.

— C'est bien, au Metropole ?

— Tout ce que vous risquez, c'est de trouver un serpent à lunettes le matin sur votre lit, en vous réveillant. Mais rien de plus.

Elle ne le crut pas.

— J'adore ça ! affirma-t-elle.

Elle défit le premier bouton de son peignoir, afin de s'habiller pour le suivre. Hubert, sans la quitter des yeux, se demandait comment Orekhov avait su qu'un homme se trouvait dans la chambre de la Française…

Deux heures plus tôt, sur la piste, il avait pu l'admirer en tenue fort légère. Mais il savait tout ce qu'une femme un peu futée peut obtenir d'un bon soutien-gorge…

Il ne fut pas déçu. Elle avait des seins parfaits, ni trop gros, ni trop petits, en forme de poires comme il les aimait. Des seins spirituels, qui provoquaient l'escarmouche…

Il eut à peine le temps d'apprécier la chute de ses reins. Elle s'habillait vite, avec des gestes d'une précision remarquable, née d'une longue pratique d'un métier où les changements de costume promptement exécutés avaient leur importance.

— J'emporte mes affaires ? questionna-t-elle.

— Surtout pas. Il ne faut pas que votre absence ressemble à une fuite.

— Je prends au moins ma chemise de nuit.

— Si vous croyez que c'est utile…

— Alors, ma brosse à dents. C'est le minimum indispensable. J'ai de quoi me refaire une beauté dans mon sac…

Elle s'était démaquillée après le spectacle et son visage était propre et lisse.

Ils sortirent. Elle éteignit la lumière, ferma la porte, prit la clé.

— Nous prenons l'ascenseur ?

— Non, trop bruyant. L'escalier.

Il tira de sa poche le passe-partout qui lui avait servi pour entrer chez le voisin trop curieux et le posa dans sa main gauche grande ouverte.

— Il faut que je remette ça dans le gousset du garçon d'étage. Il ronflait quand je le lui ai pris. J'espère qu'il ne s'est pas réveillé… Ne faites pas de bruit.

Pour toute réponse, elle ôta ses chaussures, levant ses jolies jambes l'une après l'autre. Ils marchèrent comme des Sioux sur le sentier de la guerre, jusqu'à l'angle du couloir…

L'homme n'était plus sur sa chaise. La pièce réservée au service était éclairée. Hubert tendit l'oreille, alerté par un bruit caractéristique…

— Il cire des chaussures, murmura-t-il. La jeune femme marqua sans le vouloir un temps d'arrêt. Hubert s'immobilisa, lui aussi.

— Donnez-moi une cigarette, dit-il à sa compagne.

Elle obéit.

— Du feu ?

Il refusa d'un mouvement de tête, puis ordonna, juste assez haut pour qu'elle pût l'entendre :

— Je vais l'occuper. Essayez de passer pendant ce temps sans vous faire voir…

Il prit les devants, entra dans la pièce de service. Le garçon était là, frottant avec ardeur une chaussure de cuir blanc ajouré et tournant le dos à la porte. Les oreilles pleines du bruit produit par le frottement de la brosse, il n'entendit pas Hubert s'approcher et sursauta quand il le vit soudain près de lui.

— Oh ! fit-il en riant. Le Sahib m'a fait peur.

Hubert sourit et se plaça de façon que le garçon continuât de tourner le dos à la porte.

— Tu as du feu ?

— Sûr !

Le Pakistanais fouilla dans son vêtement et en tira une boîte d'allumettes. Hubert, qui le dominait largement, se pencha vers lui. La flamme jaune éclaira durement son visage buriné de prince pirate.

— Merci, mon vieux.

Il fouilla dans sa poche, à la recherche de quelques *annas*[1], et eut un geste volontairement maladroit qui écrasa le bout incandescent de la cigarette sur le vêtement de l'employé d'hôtel.

— Oh ! pardon ! s'exclama-t-il en essayant lui-même de chasser la cendre et les brins de tabac brûlants.

Frappé de saisissement, le pauvre homme ne s'aperçut même pas que son passe-partout, dont il ignorait la disparition, reprenait sa place. Hubert lui donna une pièce blanche d'une roupie et lui demanda une autre allumette.

Il repartit, poursuivi par un flot de remerciements, se débarrassa de la cigarette dans le premier bac de sable qu'il trouva sur son chemin et rejoignit la danseuse qui l'attendait à l'étage inférieur.

---

1. L'unité monétaire du Pakistan est la roupie, qui se divise en 16 *annas*.

Ils descendirent ensemble et parvinrent à quitter l'hôtel sans se faire remarquer, aidés par la disposition des lieux. Deux taxis stationnaient sur l'emplacement réservé. Hubert réveilla un des chauffeurs et lui demanda de les conduire au Metropole.

Ils ne dirent pas un mot pendant tout le trajet. Bien que toutes les vitres fussent baissées, la chaleur lourde qui régnait dans la voiture leur interdisait même de se toucher. Accablé, Hubert n'éprouvait qu'un désir vraiment pressant : celui d'une bonne douche, bien fraîche.

Il était tard lorsqu'ils atteignirent le Metropole, mais le hall était plein de voyageurs qui venaient de descendre d'un autocar portant la marque d'une grande compagnie d'aviation dont les employés déchargeaient encore des bagages.

Hubert se fraya un chemin jusqu'au bureau, réclama la clé de sa chambre et fit signe à la Française de le suivre. Une sorte de colosse au crâne rasé était accroupi devant la porte, sur la galerie. Circonspect, Hubert le réveilla :

– Qu'est-ce que tu fais ici, Yul Brynner ?

L'autre sursauta, se leva d'un bond et resta adossé au battant, les bras écartés, ses mains énormes ouvertes, prêt à se battre.

– On ne passe pas.

– Mais c'est ma chambre, protesta Hubert. Tu m'embêtes.

La brute fronça ses sourcils broussailleux.

– C'est vous qui habitez ici ?

Il parlait un anglais fort approximatif et Hubert avait du mal à le comprendre.

– Bien sûr, voici ma clé.

Le géant regarda la Française et secoua négativement la tête.

— Directeur dire à moi vous tout seul. Moi pas laisser entrer la femme.

Hubert connaissait le prix de la douceur et de la patience dans de pareilles circonstances. Il répliqua, avec un large sourire :

— Nous sommes mariés. Madame est MA femme. Tu comprends ?

Le crâne rasé s'agita de nouveau négativement. Hubert sortit son portefeuille.

— Moi pas accepter d'argent. Directeur défendu moi...

Hubert sortit du portefeuille une facture qui lui avait été donnée par un steward de la PAA pour des boissons alcoolisées consommées pendant le voyage.

— Voici notre licence de mariage, tu peux lire.

Il était bien certain de deux choses : que ce phénomène ne savait pas lire, d'abord, et qu'il ne voudrait jamais en convenir.

Imperturbable, le bonhomme parcourut des yeux les lignes de la facture, puis rendit le papier à Hubert.

— C'est bon, admit-il, vous entrer tous les deux.

Il s'effaça, laissant Hubert ouvrir la porte avec sa clé. Celui-ci poussa devant lui la jeune femme, qui n'en pouvait plus de s'empêcher de rire, puis demanda :

— Pouvez-vous me dire maintenant, monsieur le Cerbère, ce que vous faites ici ?

— Moi chargé veiller sur vous. Directeur dit moi que bandits vouloir du mal à vous.

— C'est très bien, ça, approuva Hubert. Mais il ne faudrait pas t'endormir.

— Moi faire semblant, pas dormir, protesta l'autre.

— Ah ! bon...

Hubert referma la porte, sans plus insister, et poussa les verrous. La Française avait mis le grand ventilateur en marche. Hubert ôta sa veste, la jeta sur le canapé de faux cuir, puis saisit une chaise qu'il cala en porte-à-faux sous la poignée de la porte.

— Au fait, dit-il en revenant dans la chambre, je ne sais même pas votre nom de famille.

— Didier.

Il la prit aux épaules, l'attira contre lui.

— Eh bien, mademoiselle Françoise Didier, soyez la bienvenue ici.

Il l'embrassa doucement sur la bouche, sans rencontrer de résistance. Elle dit soudain, sans rompre le contact de leurs lèvres :

— J'ai quelque chose à vous avouer, monsieur Mac Bean. Je ne savais pas si je devais vous le dire ou non, mais je crois que maintenant je n'ai plus le droit d'hésiter...

Il se redressa, la regarda bien droit dans les yeux.

— Je vous écoute.

— Avant-hier soir, après qu'elle m'eut dit qu'un grand danger la menaçait, votre tante m'a confié une grosse enveloppe de papier brun, assez gonflée...

Elle reprit son souffle. Hubert retenait le sien. Elle continua :

— ... en me demandant de la lui expédier le lendemain matin, poste restante, à Lahore.

— Vous l'avez fait ?

— Oui, hier matin.

— Donc elle avait l'intention de se rendre à Lahore...

— Je suppose.

Hubert repoussa la jeune femme et fonça vers le téléphone.

— À quelle heure, le premier avion pour Lahore ?

Il dut patienter deux minutes avant d'obtenir le renseignement. Le premier avion des Pakistan Airways à destination de Lahore décollait un peu après 8 heures.

— Retenez-moi une place, s'il vous plaît.

— Deux, murmura une voix près de son oreille libre.

Il raccrocha et regarda Françoise Didier qui s'était rapprochée.

— Vous n'avez tout de même pas l'intention de venir avec moi ?

— Je suis en chômage. Vous avez sûrement besoin d'une secrétaire…

Il réfléchissait vite. Deux possibilités. La première : cette danseuse était sincère, honnête et tout, et il pouvait être fort utile de l'avoir sous la main le cas échéant, Mrs Mac Bean semblant avoir en elle une certaine confiance. La seconde : cette charmante enfant travaillait pour un adversaire quelconque, elle jouait la comédie, et il pouvait être à la fois amusant et utile de jouer son jeu en cachant le sien.

— *Okay*, dit-il en reprenant l'appareil. Les dés sont jetés. Je vous engage. Si vous travaillez bien, vous gagnerez votre billet de retour pour Paris…

Elle eut un sourire joyeux.

— Deux allers pour Lahore, au lieu d'un, demanda-t-il quand il eut le bureau en ligne… C'est ça, deux, pour 8 heures… Merci.

Il reposa le combiné sur son berceau, consulta sa montre.

— Il est temps de se mettre au lit, si nous voulons dormir un peu, constata-t-il.

Elle fit sauter le premier bouton de sa robe et se moqua :

— Ah ?… Vous avez vraiment l'intention de dormir ?

Il l'aida pour le second bouton, puis le troisième…

— Cela dépendra de vous, jeune dame. Si vous êtes très gentille avec moi, peut-être bien que…

5

Hubert se réveilla en sursaut. Quelqu'un lui avait pris la main. Il ouvrit les yeux. Françoise, assise près de lui, lui montrait le tableau lumineux qui venait de s'éclairer : « NO SMOKING – FASTEN YOUR BELT ».

— On arrive, dit-elle.

Machinalement, les yeux encore papillotants, il chercha les extrémités de sa ceinture et les réunit. Combien de fois avait-il fait ce geste depuis son baptême de l'air, il aurait été incapable de le dire. « *Fasten your belt* »... Toujours la même recommandation, que l'avion soit pakistanais, américain ou français. Il ne connaissait qu'une variante. Dans les appareils des lignes intérieures qui faisaient escale à Las Vegas, aux USA, les hôtesses, pour annoncer plaisamment la descente vers la capitale du jeu, recommandaient à haute voix : « *Fasten your* SILVER *belt* ».

Le steward pakistanais, un type jeune et sympathique, leur offrit des bonbons. L'hôtesse, habillée de vert et de blanc, aux couleurs nationales, s'occupait d'un bébé en difficulté.

Hubert regarda sa compagne et sourit :

— J'ai dû dormir depuis Karachi, non ?

— C'est mon impression. De toute façon, vous n'avez rien perdu. Le paysage était plutôt moche… Une espèce de terrain vague complètement sec, couleur de caca d'oie, si vous voyez ce que je veux dire. Pour les arbres, il faudra repasser.

— Je sais. Ce n'est pas la première fois que je fais ce trajet…

Elle prit un air faussement vexé.

— Moi qui croyais vous apprendre quelque chose.

Quelques minutes plus tard, l'avion se posa. C'était un Convair et les passagers descendirent par l'escalier qui se baissait sous la queue, dans l'axe du couloir central, se relevant comme une trappe pour l'envol. Un vieil autocar attendait. Ils montèrent dedans.

— Qu'est-ce que c'est que cette histoire ? grogna Françoise Didier.

Une hôtesse expliqua que l'aéroport était en reconstruction. Il était aux environs de midi et la chaleur était intolérable. Sa chemise collée au corps, Hubert tenait son dos éloigné de la banquette :

— Je suis en train de cuire dans mon jus, dit-il.

— Si vous aimez le court-bouillon, renchérit la danseuse, je serai bientôt à point.

L'autocar les transporta en les secouant très fort vers un groupe de grandes tentes qui avaient été dressées dans un coin du terrain. Hubert décida :

— Si la guimbarde qui doit nous descendre en ville est du même tabac, on prendra un taxi.

— Ça va vous coûter les yeux de la tête.

— La vie n'a pas de prix.

— Si vous le considérez sous cet angle…

Il récupéra sa valise – la jeune femme était partie les mains vides – et prit la direction des opérations. Presque pleurant de désespoir, un chauffeur de taxi accepta de les conduire au Faleti's pour la modique somme de cinq roupies.

— Vous êtes encore plus margoulin que ces pauvres types, remarqua la jeune femme. Vous rendriez des points même à un Auvergnat. Je parie que vous ne savez pas ce que c'est ?

— Un Auvergnat ? Si. Le jardinier noir de mon grand-père, qui avait passé toute sa prime jeunesse dans sa tribu d'anthropophages, se vantait d'en avoir bouffé un, préparé à la sauce congolaise par le sorcier du village. Il avait trouvé ça un peu dur, très filandreux et sentant le soufre...

— Arrêtez, ma mère était Auvergnate.

— Je m'en doutais.

Elle lui pinça la cuisse, mais l'effort la mit en sueur.

— Revenons à nos moutons, reprit-elle en français. Pourquoi avez-vous donné l'adresse du Faleti's ?

— Parce que c'est le seul hôtel potable de Lahore et que, à moins d'empêchements majeurs, Tantine a dû descendre là...

Ils y arrivèrent très vite. Le préposé à la réception réagit immédiatement au nom de Mary Mac Bean. La charmante vieille dame avait passé la nuit précédente à l'hôtel. Repartie ? Oui. Le matin même. Pour quelle destination ? Il n'en savait rien. Un taxi l'avait emmenée. Il n'avait pas prêté attention...

Hubert interrogea les grooms. Sans succès. Ils se souvenaient de la vieille dame, mais rien de plus.

— Elle ne serait pas contente si elle les entendait, remarqua la Française. Elle n'a pas du tout l'impression d'être une vieille dame...

— Il y a des femmes de son âge qui paraissent trente-cinq ans, j'en connais. Elle en paraît soixante, et c'est bien sa faute...

Ils louèrent deux chambres communicantes avec air conditionné et montèrent aussitôt. Ils se déshabillèrent et se mirent sous la douche, sous la même, ce qui était une grave imprudence...

Ils descendirent déjeuner une heure plus tard, les yeux largement cernés, les jambes molles, avec une tendance encore accrue à la transpiration. La grande salle à manger était heureusement climatisée. Ils se restaurèrent de bon appétit, derniers clients d'une horde de garçons qui n'attendaient que leur départ pour débarrasser les lieux.

— Quel est le programme ? demanda la jeune femme.

— Je n'en sais rien. Je ne sais vraiment pas par quel bout le prendre. Peut-être vais-je faire le tour des agences de voyages, retourner à l'aéroport, aller à la gare, et montrer partout la photographie de cette pauvre Tantine...

— Je vous souhaite bon courage. En ce qui me concerne, un seul projet : la sieste. Je suis claquée...

— Vous vous dépensez trop. Ce n'est pas un pays propice à de tels ébats...

Elle rit.

— Quand vous aurez retrouvé votre tante, nous filerons en Norvège.

— Pourquoi pas au Kamtchatka ?

— Je n'ai pas de préférence. L'essentiel est que nous ayons *besoin* de nous réchauffer...

— Ne parlez pas de ça, vous me coupez la respiration.

Ils regagnèrent leurs chambres.

— Sages, précisa la danseuse. Chacun de son côté...

Hubert protesta, uniquement par politesse, car il était bien d'accord. Il n'avait pas envie de se trouver complètement ramolli si l'affaire se gâtait de nouveau, et il avait été bien près de penser que cette fille était payée pour le mettre en mauvaise condition physique.

Il se reposait depuis une demi-heure dans l'agréable fraîcheur entretenue dans la chambre par l'appareil de conditionnement d'air lorsque le téléphone sonna. Il décrocha, plein d'espoir.

— Allô ?

— Mr Mac Bean ? Ne quittez pas, on vous appelle de l'extérieur.

Un bref silence.

— Allô, j'écoute, dit Hubert.

Une voix qui lui parut familière, mais dont il aurait été incapable de dire si c'était une voix d'homme ou de femme, résonna faiblement dans l'écouteur :

— Horace Mac Bean ?... Vous êtes Horace Mac Bean ?

— Je suis.

— Vous cherchez toujours « Mamie » ?

— Je cherche ma tante, Mrs Mary Mac Bean, précisa-t-il.

— Mamie ?

— Pour les intimes, oui.

Un rire léger, amusé.

— Je puis vous donner des renseignements. Venez ce soir à 19 heures à la Grande Mosquée. Vous passerez par l'entrée principale et vous marcherez droit devant vous jusqu'aux pierres froides. Vous vous arrêterez une minute. Puis vous vous dirigerez vers la tour qui se trouvera devant vous, à gauche. À l'opposé de l'entrée principale, à gauche. Apportez cent dollars.

— Hé ! Un instant. Qu'est-ce que c'est que cette histoire de pierres froides ?... Allô ?... Allô ?...

Raccroché. Hubert en fit autant, puis appela le standard de l'hôtel.

— J'étais en communication et on nous a coupés. Voulez-vous rétablir, s'il vous plaît...

Il n'avait guère d'illusions, mais on ne sait jamais...

— Impossible, monsieur. L'appel venait de l'extérieur. Votre correspondant vous rappellera sûrement. Attendez...

Il remit l'appareil en place, perplexe. Que signifiait ce rendez-vous mystérieux ? La voix, bien que difficile à qualifier, n'était pas celle d'un autochtone. L'inconnu s'était exprimé en anglais, fort correctement, et sans accent.

Hubert se leva, nu comme un ver, et se dirigea vers la chambre voisine pour informer Françoise qui avait dû entendre la sonnerie.

La jeune femme n'était pas là. L'empreinte de son corps restait sur le lit. Il alla jeter un coup d'œil dans la salle de bains. Également vide.

Étrange. Il s'étendit à la place de sa folle maîtresse. Le couvre-lit était encore chaud. Il resta là, afin de la surprendre au retour.

Elle apparut un quart d'heure plus tard, les bras chargés de paquets.

— Tiens ? Tu es là ? fit-elle sans la moindre gêne.

— D'où viens-tu ?

— Je suis descendue au magasin de l'hôtel faire des achats. Je ne pouvais tout de même pas rester comme ça, sans rien pour me changer...

Excuse valable.

— Je croyais que tu voulais d'abord te reposer.

— Oui, mais j'ai réfléchi qu'il serait plus agréable de remettre des vêtements propres et secs ce soir, et j'ai préféré descendre tout de suite...

— Tu avais de l'argent ?

— Évidemment. Tu ne te figures tout de même pas qu'ils m'auraient fait crédit sur ma bonne mine, non ?

Elle posa ses paquets sur une table, puis se retourna pour regarder Hubert.

— Tu n'as pas honte de t'exhiber comme ça ?

— Dans quoi vas-tu mettre tout ce barda ? Tu aurais dû acheter une valise.

— Zut ! je n'y ai pas pensé...

— Pendant que tu n'étais pas là...

Il s'interrompit. Si elle était pour quelque chose dans la communication qu'il avait reçue, cela l'intriguerait s'il n'en parlait pas. Et, dans l'autre éventualité, elle ne pourrait guère lui être utile...

— Pendant que je n'étais pas là ? questionna-t-elle.

Il sourit et enchaîna :

— Je pensais à toi.

Elle ôtait sa robe pour se mettre à l'aise.

— Peut-on savoir ce que tu pensais ?

— Je pensais que ça collait rudement bien entre nous pour la chose...

Elle rit en se débarrassant de son soutien-gorge.

— Trop bien, même. Continuons comme ça et on nous enterrera au Pakistan...

Il la regarda sortir ses longues jambes bien galbées de son slip et quelque chose se produisit qu'elle ne put manquer de voir en regardant de nouveau vers lui.

— Oh ! s'exclama-t-elle, scandalisée. Encore !

Elle tourna le dos et marcha vers la porte de communication.

— Je vais me reposer chez toi...

— Sans cœur.

Elle s'immobilisa dans le cadre de la porte, pivota lentement sur ses pieds nus et soupira :

— Si tu me prends par les sentiments…

Il ferma les yeux pour l'attendre.

*

Il faisait encore jour, mais l'heure de la prière était passée et les muezzins étaient descendus des minarets. Le taxi s'arrêta devant l'entrée principale de la Grande Mosquée. Hubert se déchaussa et dit au chauffeur :

— Tu m'attends et tu gardes mes chaussures. *Okay ?*

— *Okay*.

Hubert sortit de la voiture et monta sur ses chaussettes les marches de l'escalier monumental. Quelques fidèles attardés devisaient paisiblement devant la grande porte. Hubert les salua poliment et passa sous la voûte pour gagner l'immense cour intérieure…

La Grande Mosquée de Lahore était l'une des plus belles qu'il connût ; très différente de celles d'Ispahan couvertes de mosaïques bleu et or, elle prenait au soleil couchant une teinte rouge étonnante…

Les grandes dalles de pierre étaient chaudes sous ses pas. Il prit la direction de la fontaine centrale, la contourna, et sentit soudain sous ses pieds la pierre froide. Il avait compris. Une moitié de la cour devait se trouver à l'ombre une grande partie de l'après-midi, alors que l'autre, exposée jusqu'au soir au soleil, conservait longtemps encore la chaleur emmagasinée…

Il s'immobilisa une minute, comme le lui avait demandé son interlocuteur inconnu, puis se dirigea vers la tour qui se dressait au-dessus de l'angle des bâtiments qui lui faisaient face…

Cette mosquée aux dimensions colossales le faisait toujours penser à un château fort de par sa conception architecturale. Et il avait entendu dire, sans pouvoir le vérifier, que les tours étaient disposées de telle façon que, du sommet de n'importe laquelle, il était impossible d'apercevoir l'ensemble des autres, l'une d'elles, jamais la même, restant toujours dissimulée au regard par une de ses semblables formant écran.

Il arriva dans l'angle. Des marches donnaient accès à une galerie surélevée. Dans un coin, une paillasse et quelques objets divers indiquaient la présence habituelle d'un homme, probablement un gardien...

Hubert attendait. C'était ce qu'il avait de mieux à faire. Il attendait depuis un bon moment et se préparait à faire demi-tour lorsqu'une voix chuchotée, paraissant jaillir de nulle part, parvint à ses oreilles :

— Avez-vous les cent dollars, monsieur Mac Bean ?

Il fit un signe de tête affirmatif, puis répondit à haute voix :

— Je les ai.

— Chut ! Ne parlez pas si fort... Mettez-les au pied du pilier qui se trouve exactement en face de vous.

Hubert obéit et déposa cinq billets de vingt dollars à l'endroit indiqué.

— Reculez-vous, maintenant.

Il essayait vainement de situer la voix, tous ses sens aiguisés tendus vers le même but. Mais il devait être victime d'un de ces phénomènes acoustiques propres à certaines constructions...

— Retournez à votre taxi. Le chauffeur a le renseignement que vous désirez. Il vous le donnera.

— Vous vous moquez de moi. Je reprends l'argent.

— Je ne vous le conseille pas.

Il fit semblant de réfléchir.

— C'est bon, je vous fais confiance.

— Vous pouvez. Bonne chance, monsieur Mac Bean...

Hubert s'éloigna, avec la sensation précise que l'inconnu ne le quittait pas des yeux, surveillant sa retraite…

Il retrouva les pierres chaudes avec satisfaction. Il ne pouvait courir malgré l'envie qu'il en avait. À plusieurs reprises, il se retourna pour regarder en arrière, mais il ne vit rien. Bientôt, il fut trop loin pour distinguer encore ce qui aurait pu se passer sous la galerie…

Il repassa sous la grande porte dégradée par le temps, descendit l'escalier. Le taxi était en bas, toujours au même endroit…

Il s'appuya à la portière.

— Tu as une commission pour moi ?

— Voilà.

Le chauffeur lui remit un morceau de papier sale et chiffonné, sur lequel un seul mot avait été tracé : PESHAWAR…

Hubert fit une grimace et laissa tomber le message. Il avait espéré mieux. Peshawar, c'était la dernière ville avant la frontière, c'est-à-dire avant la fameuse passe de Khaïber où Mrs Mary Bean devait, soi-disant, rencontrer un agent du « Centre ». Hubert, le sachant, aurait pu joindre directement Peshawar pour y attendre l'arrivée de sa prétendue tante. Il l'aurait fait si, à son avis, Mamie avait eu un pourcentage de chances raisonnables d'atteindre cette avant-dernière étape saine et sauve.

— Qui t'a donné ce papier ? demanda-t-il.

— Un petit gosse, répondit l'homme.

— Un petit Hindou ?

— Bien sûr ?

— D'où venait-il ?

— Sais pas. Il était là tout d'un coup et puis après il était plus là.

— Qu'est-ce qu'il t'a dit ?

— Il m'a dit : tu donneras ça à ton client quand ton client reviendra. C'est tout.

— Tu le reconnaîtrais, ce gosse ?

Le chauffeur haussa ses maigres épaules.

— Tous les gosses, ils se ressemblent. Je l'ai pas bien regardé…

Hubert comprit qu'il n'en tirerait rien. Ce Pakistanais, ce musulman, ne sachant pas de quoi il s'agissait, n'allait pas aider un étranger, un infidèle, à retrouver un enfant de sa race et de sa foi.

— *Okay*, ramène-moi au Faleti's.

Hubert ouvrit la portière, avec l'intention de remettre ses chaussures avant de monter. Ses chaussures étaient toujours là, mais il y avait quelque chose de plus sur le plancher de la voiture : une caissette de bois qui, s'il fallait en croire la publicité imprimée à chaud sur le couvercle, contenait ou avait contenu du thé gris, cinq livres anglaises de thé gris pakistanais…

Un petit crochet de métal maintenait fermé le couvercle articulé de l'autre côté sur deux minces charnières.

— Qu'est-ce que c'est que ça ? questionna Hubert. C'est à toi ?

Le chauffeur se souleva sur son siège et faillit se démancher le cou pour regarder.

— Ça ? je ne sais pas.

— Tu devrais pourtant le savoir. Ça n'est pas venu tout seul…

— Pas à vous ?

— Non. Écoute, pour le poser là il a fallu ouvrir la portière. Qui a ouvert la portière pendant mon absence ? Le gosse qui t'a remis le papier ?

Le Pakistanais secoua négativement son visage parcheminé.

— Personne il a ouvert la portière.

Hubert prit la caisse et la secoua un peu pour la soupeser. C'était lourd, mais rien ne ballotait à l'intérieur. Il la posa sur la banquette, fit sauter le crochet d'un coup de pouce et voulut soulever doucement le couvercle…

Mais la planchette de contreplaqué lui échappa, violemment poussée par en-dessous. La tête large d'un naja jaillit comme une balle à hauteur des yeux d'Hubert qui ne dut encore qu'à la rapidité de ses réflexes d'éviter la morsure du redoutable serpent furieux et sifflant de rage…

D'un coup de pied, Hubert referma la portière et cria au chauffeur :

— Tire-toi de là !

Mais l'autre avait déjà vu. Il tomba plutôt qu'il ne descendit de la voiture, se releva, gris de peur et tremblant de tous ses membres, puis détala comme un lièvre vers le grand escalier pour aller se réfugier dans la Grande Mosquée…

Le souffle court, Hubert avait reculé de quelques pas. Sans cesser de surveiller le taxi, il appela des hommes qui se trouvaient à quelque distance et qui s'étaient arrêtés de bavarder, intrigués par la fuite éperdue de leur coreligionnaire.

Ils s'approchèrent prudemment, sans se presser, mais aucun d'eux ne comprenait l'anglais. Hubert leur cria plusieurs fois le mot « police », essayant de leur faire entendre par signes qu'ils devaient aller chercher un policier muni d'un revolver. À cet instant la grosse tête hideuse du serpent à lunettes apparut à la portière du taxi. Ils la virent, restèrent deux secondes comme pétrifiés, puis se sauvèrent aussi vite que leurs maigres jambes pouvaient les porter…

Hubert se dit alors qu'il ne pouvait être plus royaliste que le roi. Il avait cédé à un mouvement de solidarité humaine, sa conscience se hérissant à l'idée de laisser circuler un aussi dangereux reptile parmi ces gens sans défense…

Mais il n'avait pas d'arme et ne pouvait tout de même attaquer cet animal à mains nues. D'autre part, la police allait sûrement lui demander des explications, et si des renseignements étaient réclamés à Karachi…

Maintenant que l'alerte était donnée, il pouvait s'éloigner. C'était même ce qu'il pouvait faire de mieux. Mais…

Mais ses chaussures étaient restées dans la voiture.

Il se trouvait bien ennuyé quand le naja, voulant sans doute se racheter, décida de lui faciliter les choses. L'abominable bête, qui avait disparu, reparut par la portière avant, laissée ouverte par le chauffeur. Elle se coula sur la chaussée, se redressa, gonflant ses joues, sifflant de colère. Hubert ramassa une pierre et la lui lança. Il rata son but, mais le reptile effrayé battit en retraite et se réfugia sous le taxi.

Hubert récupéra ses chaussures sans trop de difficulté puis battit en retraite, lui aussi, tranquillement, en direction du centre de la ville. Il n'avait pas fait trois cents pas qu'il entendit la sirène d'une voiture de police qui se rendait vraisemblablement à la chasse au serpent.

Il trouva un autre taxi, plus loin, dans la rue principale où la foule se promenait sous le couvert des arbres, profitant d'une fraîcheur vespérale toute relative, et se fit reconduire au Faleti's.

Une surprise l'y attendait. Il venait de payer le prix de la course et s'apprêtait à descendre lorsqu'il vit Françoise Didier sortir de l'hôtel, vêtue de neuf, accompagnée d'un groom portant une valise, et se diriger vers une voiture de place qui semblait avoir été commandée pour elle.

Le premier mouvement d'Hubert fut de bondir pour lui demander des explications, mais il se ravisa, se souvenant qu'il faut toujours se méfier du premier mouvement, pour l'excellente raison que c'est presque toujours le bon.

— Suivez l'autre taxi, devant. Celui qui va partir, ordonna-t-il.

Sans mot dire, le chauffeur relança le moteur et démarra en même temps que son confrère. Hubert était perplexe. Pourquoi la jeune femme quittait-elle l'hôtel avec son bagage et où allait-elle ?

Un affreux soupçon se forma dans son esprit. Il n'était pas impossible que ce fût elle qui eût manigancé le rendez-vous de la grande mosquée et, le croyant mort, victime du serpent à lunettes, elle s'éloignait maintenant dare-dare pour regagner Karachi, mission remplie…

Il n'arrivait pas à y croire. Bien que son expérience personnelle fût particulièrement riche d'exemples de machiavélisme humain, aussi bien masculin que féminin, il ne pouvait admettre que cette tendre jeune femme, qui s'était donnée à lui avec tant d'ardeur, avec tant d'abandon, ait pu combiner sa mort dans le même temps qu'elle se trouvait blottie dans ses bras, offrant à ses yeux tous les signes du bonheur…

La circulation n'était pas très dense et la filature ne fut à aucun moment difficile. Le premier taxi se rendit tout droit à la gare. Hubert pria le sien de l'attendre, cependant que la Française payait, puis appelait un porteur pour se charger de sa valise.

Elle pénétra dans le grand hall. Hubert l'y suivit discrètement, se tenant un peu voûté pour mieux passer inaperçu dans cette foule qu'il dominait de sa haute taille. Il s'abrita derrière un groupe de femmes voilées, près de la librairie, et observa la Française qui s'était assise près des guichets, paraissant attendre quelqu'un...

Elle semblait préoccupée, peut-être un peu inquiète, et torturait nerveusement un mouchoir entre ses mains. Quelques mendiants vinrent la solliciter, elle les repoussa avec irritation.

Hubert sentit que quelqu'un lui touchait le bras et se retourna, prêt à expédier au diable l'importun. C'était le steward de l'avion qui les avait amenés de Karachi le matin même.

— Avez-vous l'intention de nous faire des infidélités ? questionna-t-il avec un large sourire.

— Pas du tout, répliqua Hubert. J'attends quelqu'un.

Le jeune homme, fort sympathique, avait visiblement envie de bavarder et Hubert ne savait comment faire pour s'en débarrasser sans le vexer.

— Vous êtes en voyage d'affaires ou d'agrément ?

— Les deux.

— Comment trouvez-vous le Pakistan ?

— C'est un très joli pays...

Hubert réussit à jeter un coup d'œil vers l'endroit où il espérait retrouver Françoise Didier. Elle n'y était plus. Il ne put s'empêcher de jurer, entre ses dents.

— Quelque chose ne va pas ? s'étonna le steward.

Hubert n'eut pas le temps de trouver une réponse. La voix de la Française résonna soudain près de lui.

— Ah ! te voilà...

Elle paraissait heureuse et soulagée de le voir.

— Comment ça : me voilà ? Tu m'attendais ici ?

Ils parlaient français et le jeune Pakistanais recula poliment d'un pas.

— Dame ! C'est bien ici que tu m'avais dit de venir te retrouver, non ?

Il resta quelques secondes sans réaction. Elle avait l'air sincère, ou alors une fortune l'attendait à Hollywood.

— J'ai bien peur qu'il n'y ait un malentendu, dit-il.

Il cherchait une excuse à l'intention du steward lorsque celui prit les devants :

— Je suis obligé de vous quitter. Un rendez-vous... À bientôt ?

— Au revoir, à bientôt.

Hubert lui fit un signe de la main, le regarda s'éloigner vers la sortie. Qu'était-il venu faire là ? Puis il saisit la jeune femme par un bras et l'entraîna :

— Expliquons-nous. Tu dis que je t'ai téléphoné ? Quand ça ?

Elle s'immobilisa, sourcils froncés.

— Téléphoné ? Qui a parlé de téléphone ?

Il resta silencieux et se balança d'un pied sur l'autre.

— J'ai reçu un mot de toi, il n'y a pas une heure et...

— Un mot de moi ? Fais voir ?

— Tu me demandais de le brûler, je l'ai fait...

— Tiens ! Et c'était bien mon écriture ?

— Je suppose.

— Tu la connaissais. Le mot que je t'avais envoyé pour te demander une entrevue, au Beach Luxury...

Elle avait pâli.

— Tu... tu veux dire que ce mot n'était pas de toi ?

— Tu comprends vite, mais il faut t'expliquer longtemps.

Elle se mordit les doigts. Sa main tremblait.

— Mais... Mais pourquoi ?

— Dis-moi d'abord ce que contenait cette lettre.

— Tu m'expliquais que tu avais trouvé une nouvelle piste et que je devais te rejoindre tout de suite à la gare, sans m'occuper de tes bagages…

— C'est tout ?

Elle avala péniblement sa salive.

— Oui. C'était tout.

— Et c'était signé ?

— Horace.

Hubert soupira.

— Je veux bien croire que tu n'as pas inventé cette histoire, car cela impliquerait trop de choses… terribles. Mais alors il doit y avoir dans les parages un petit optimiste qui nous a déjà vus ensemble et qui sait que son coup a échoué. Je me demande bien, tout de même, ce qu'il te réservait…

Elle parut ne pas avoir entendu l'allusion du début.

— Tu as eu des difficultés ?

— On m'a refait le coup du serpent. Un superbe naja, encore plus beau que le premier…

— Mon Dieu !

Il l'entraîna vers le banc près duquel elle avait laissé sa valise.

— Écoute, mon cœur, je crains que cela ne devienne trop chaud pour toi. Il y a un train dans une demi-heure pour Karachi, prends-le. Je te rejoindrai là-bas dans quelques jours…

Elle secoua négativement la tête.

— Non. Je reste avec toi. D'ailleurs, je ne crois pas que je serais très en sécurité loin de toi… On ne sait jamais ce que les gens peuvent penser…

Elle avait raison. L'adversaire, ou les adversaires, pouvaient la croire plus au fait qu'elle ne l'était. Et ces gens-là supprimaient leurs semblables avec une telle désinvolture qu'il valait mieux limiter les risques…

Et puis, qu'elle fût sincère ou non, il préférait la garder près de lui.

— Bon, dit-il en saisissant la valise. On retourne à l'hôtel. J'espère que ta chambre sera encore libre…

6

À peine furent-ils de retour au Faleti's qu'Hubert se rendit au bureau de voyages, avec Françoise sur ses talons.

— Nous voulons nous rendre à Peshawar le plus rapidement possible. Quand part le premier avion ?

— Pas avant demain matin, monsieur. Et le dernier train du soir quitte la gare en ce moment même…

Hubert jura entre ses dents. Quelqu'un dit derrière lui :

— Permettez. L'avion de 17 heures est toujours là. Une panne. Je suis le pilote. On vient de me téléphoner pour me dire que l'on partait quand même. On se posera de nuit à Pindi.

— Vous irez ce soir jusqu'à Peshawar ?

— C'est peu probable. Le terrain devient montagneux, avant Peshawar, et notre vieux DC3 est mal équipé pour les vols de nuit. De toute façon, vous gagneriez au moins deux heures demain matin, sinon plus…

— Allons-y, décida Hubert.

Il fonça vers le bureau de l'hôtel.

— Préparez ma note. Nous partons tout de suite.

Il monta faire sa valise, cependant que Françoise faisait du charme au pilote pour le persuader de les attendre. Ils pouvaient partir dans la même voiture, ce serait plus pratique.

Hubert eut bientôt tout terminé. Il distribua les pourboires habituels et rejoignit la Française et le pilote qui attendaient près de la porte. À ce moment, un type vêtu de brun, le cheveu rare, portant également une valise sur laquelle un vieil imperméable kaki était ficelé, les aborda poliment :

— Excusez-moi. Je me présente : Walter Lindenberg, Allemand, ingénieur électricien. Je me rends en Afghanistan et j'ai entendu votre conversation, tout à l'heure. Pouvez-vous m'emmener ?

— Bien sûr, accepta le pilote. Je sais qu'il y a de la place, ce soir…

— Merci.

Ils s'entassèrent dans le taxi, qui démarra aussitôt.

*

Il était près de 10 heures lorsque le DC3 vétuste et ferraillant des Pakistan Airways toucha la piste cimentée de Rawalpindi que balisait une double guirlande de lampes à essence dont les flammes se tordaient dans le vent.

L'avion s'immobilisa. Le steward, un garçon jeune et gai, vêtu de bleu marine comme les pilotes, sortit de la cabine.

— On continue ? questionna Hubert.

— Je ne sais pas. De toute façon, tout le monde descend. Il faut prendre de l'essence…

Les moteurs se remirent à rugir. L'appareil pivota sur place, une roue bloquée, puis roula cahin-caha en direction des bâtiments de l'aérodrome.

Les passagers, au nombre d'une dizaine, quittèrent l'avion dont la forte inclinaison ne facilitait pas les évolutions de voyageurs habitués pour la plupart au plancher horizontal des avions modernes à train d'atterrissage tricycle.

On les conduisit dans la petite salle de restaurant où leur fut servi le thé traditionnel accompagné de petits gâteaux, identique à celui qu'ils avaient eu en cours de vol. Puis on leur annonça que l'avion ne repartirait que le lendemain matin pour Peshawar et que des dispositions venaient d'être prises pour le logement à « Pindi ».

Il y eut quelques protestations. Hubert, qui n'aimait pas gaspiller inutilement son énergie, ne dit rien. L'ingénieur allemand, qui s'était assis près d'eux, remarqua que son rendez-vous étant pour midi le lendemain à la frontière, il avait le temps d'y arriver à condition que l'avion partît de bonne heure...

Un vieil autocar de fabrication anglaise et qui avait dû connaître des jours meilleurs les embarqua tous à destination de la ville.

— Je me demande bien où nous allons coucher, s'inquiéta la danseuse.

— Au Flashman's, j'espère.

C'était bien au Flashman's qu'on les conduisit, ce charmant vieil hôtel construit par les Anglais et composé de petits bungalows disséminés dans un parc luxuriant. Hubert et sa compagne se virent attribuer un appartement dans le bungalow qui faisait face au bureau de l'hôtel. Il y avait un grand salon, une très belle chambre, à deux lits, une lingerie et une salle de bains. Le décor était vieillot, charmant, et il flottait dans ces pièces une bonne odeur de tabac anglais et de cuir qui évoquait irrésistiblement ces bons colonels de l'armée des Indes au teint de brique, aux moustaches en croc, tels que le cinéma les a popularisés dans le monde entier.

Ils posèrent leurs valises et regagnèrent le bâtiment central pour dîner.

— Comment se fait-il qu'ils nous aient logés ensemble ? questionna la jeune femme.

— Ils ont dû croire que nous étions mariés. Vous voulez faire une réclamation ?

Elle lui pinça le bras.

— Idiot !

On les conduisit à travers le grand salon jusqu'à la très vaste salle à manger où les attendait une armée de garçons habillés de blanc, ceinture et turban bleus. Presque toutes les tables, près des fenêtres et le long des murs, étaient embarrassées par des porte-serviettes, des flacons de médicaments ou de condiments spéciaux...

— Je n'aurais jamais supposé qu'il y ait tant de pensionnaires ici, s'exclama la Française.

— Il y a une commission de l'Onu chargée de surveiller la frontière avec le Cachemire. Ils sont là depuis des années et on a dû les oublier...

On les installa au centre de la salle. Un nombre incroyable d'énormes ventilateurs tournoyait au plafond, on aurait dit une escadre d'hélicoptères. Walter Lindenberg apparut et vint vers eux.

— Vous permettez ?

Hubert le trouvait peu sympathique et plutôt collant, mais Françoise avait déjà répondu :

— Je vous en prie.

Il s'assit à leur table. Ils regardèrent le menu, composé de six plats différents – cuisine anglaise garantie –, et donnèrent au garçon qui attendait les ordres le signal du départ.

— Ainsi, dit Hubert, vous allez en Afghanistan, monsieur Lindenberg ?

— Oui, j'ai un contrat de travail pour trois ans. Pour la construction d'une usine hydroélectrique, à cinquante kilomètres de Kaboul.

— Vous venez d'Allemagne ?

— Oui, de Hambourg, directement.

— Et vous avez choisi de passer par ici.

— Il n'y a pas de liaison régulière entre Téhéran et Kaboul. Le plus rapide est de passer par Karachi, puis de remonter par ici. Demain, je louerai une voiture à Peshawar pour franchir la passe de Khaïber. Une autre voiture m'attendra à la frontière, du côté afghan.

— Et ça ne vous fait pas peur d'aller vous enterrer pendant trois ans dans ce pays perdu ? Car c'est vraiment un pays perdu, vous savez.

— Vous connaissez ?

— Je l'ai visité, autrefois.

— Vous êtes un grand voyageur ?

— Oui.

— Affaires ?

— Affaires et plaisir.

— Quel est votre business ?

— Les études de marché. J'essaie de supputer les besoins de tel ou tel pays en telle ou telle marchandise…

— Vous travaillez à votre compte ?

— Quelquefois. D'autres fois, je suis payé par de puissants groupes industriels ou commerciaux.

— Ce doit être passionnant.

— Cela me permet surtout de satisfaire ma passion des voyages.

— Et qu'espérez-vous vendre aux Pathans ?

— Les Pathans ? s'étonna la Française. Qui c'est ?

— Des tribus encore assez sauvages qui vivent dans les montagnes le long de la frontière afghane.

— Ah ! Mais Mr Mac Bean n'est pas ici pour vendre quoi que ce soit. Il cherche à retrouver sa tante, Mrs Mary Mac Bean, qui a disparu…

Hubert lui donna un coup de pied sous la table. Elle cria de douleur et protesta :

— Qu'est-ce que j'ai dit ?

— Rien, répliqua Hubert. C'est ton pied ? Je croyais que c'était celui de la table…

*

Ils avaient fini de dîner. On les avait prévenus que la direction de l'hôtel se chargerait de les réveiller à temps pour qu'ils pussent prendre leur avion dont l'heure de départ n'était pas encore fixée.

Hubert proposa une petite promenade digestive et ils partirent bras dessus, bras dessous, dans les allées qui séparaient les bungalows.

— Il ne fallait pas que je dise que vous cherchiez votre tante ? demanda la jeune femme.

— On ne sait pas qui est ce type. Il a l'air de beaucoup s'intéresser à nous.

— Et alors ?

Il ne pouvait évidemment lui expliquer que Mary Mac Bean n'était pas sa tante, mais une espionne qui se baladait avec un document secret de la plus haute importance, qu'ils n'étaient pas les seuls à essayer de la retrouver, que des agents britanniques et soviétiques devaient également suivre sa piste, et d'autres encore, peut-être…

Elle dut deviner le cours de ses pensées et enchaîna en se pressant contre lui :

— Avez-vous une idée de ce qui se passe autour de votre tante ? Pourquoi toute cette violence ?

— Je ne sais pas. Elle est très riche. L'idée d'une rançon peut séduire quelqu'un. D'autre part, vous la connaissez, elle est très spontanée, souvent imprudente. Elle a pu se mêler de choses dangereuses qui ne la regardaient pas...

— Ça, c'est bien possible, mais quoi ?

— Si on le savait, cela nous faciliterait bien les choses. Pauvre tantine...

Hubert souriait largement en disant cela, mais il faisait assez noir pour que sa compagne ne pût le voir.

— Rentrons, dit-elle soudain. Je ne suis pas rassurée...

Ils contournèrent un bungalow obscur. Une lampe extérieure éclairait un carrefour à quinze mètres de là. Au milieu d'une allée, deux hommes parlaient avec animation mais à voix basse. Hubert s'arrêta et retint la jeune femme. Ses yeux de chat avaient reconnu l'ingénieur allemand. L'autre était un autochtone, probablement un employé de l'hôtel...

L'Allemand mit quelque chose dans la main de l'Hindou. Puis ils se séparèrent, prenant des directions opposées.

— Qui était-ce ? demanda Françoise.

Elle ne devait pas avoir une très bonne vue.

— Je ne sais pas. Venez... Il est temps d'aller se coucher...

Ils retrouvèrent leur bungalow sans trop de difficulté. La porte fermait mal. Hubert cala une chaise contre la poignée et vérifia la fermeture de toutes les fenêtres que des moustiquaires protégeaient à l'extérieur. Ils tirèrent les rideaux.

— Vous craignez quelque chose ?

Hubert lui adressa un sourire rassurant.

— Non, mais prudence est mère de sûreté.

— C'est un proverbe de mon pays.

— Je sais.

Ils passèrent dans la chambre. La traditionnelle bouteille d'eau fraîche était sur la table de chevet, avec deux verres.

— Il fait bien meilleur ici qu'à Karachi.

Hubert devina que la jeune femme se forçait à parler pour essayer de surmonter la peur qui la tenaillait. Il savait qu'elle ne dormirait pas, sans cesse alertée par le moindre bruit, et Dieu savait combien ces vieux bâtiments pouvaient craquer la nuit…

Elle se déshabilla et passa dans la salle de bains. Il lui demanda en criant :

— Dans quel lit veux-tu dormir ?

— Dans le tien !

— Sois sérieuse, ils sont trop étroits et nous avons besoin de repos.

— Ça m'est égal.

— Alors, je prends celui près de la porte.

— D'accord !

Hubert pensa qu'on devait les entendre de l'appartement voisin, situé dans le même bungalow. Au même instant, il lui sembla percevoir un bruit de pas à l'extérieur. Il marcha vers la fenêtre, souleva le rideau, écouta. Quelqu'un s'éloigna rapidement, surpris par la lumière. Il vérifia de nouveau les fermetures, puis, sans fausse honte, regarda sous les lits et dans les nombreux placards. Après quoi, il rejoignit sa folle maîtresse dans la salle de bains et prit une douche. Elle lui donna un coup de main pour se sécher et ce qui devait arriver arriva : ils se retrouvèrent bientôt tous les deux dans le lit de la jeune femme, Hubert ayant oublié ses bonnes résolutions…

*

Il se réveilla soudain, le cœur battant très fort, avec la sensation d'un danger pressant. Françoise était dans ses bras et leurs corps moites collaient l'un à l'autre. Ils avaient dû s'endormir après l'amour, épuisés…

Un choc violent, bizarre, comparable à celui d'une tapette sur un tapis. Il poussa la jeune femme en bas du lit, roula sur elle et se retrouva debout, le dos au placard, dans une complète obscurité…

Françoise cria. Quand elle eut fini, il perçut l'écho d'une fuite rapide, se souvint de l'emplacement de la lampe de chevet et fit jaillir la lumière…

Personne. Il fonça dans la lingerie, atteignit la porte grande ouverte de la salle de bains…

Simplement vêtu d'un slip et d'un turban qui avaient dû être blancs, un grand type maigre à la peau noire essayait de repasser par où il était entré, c'est-à-dire par le vasistas de la salle de bains dont le châssis avait été démonté.

Gêné par un long battoir de cricket qu'il essayait de maintenir sous son bras, l'homme descendit de sur la cuvette d'aisance qui lui servait de perchoir et fit face, empoignant le battoir comme une arme…

Hubert se trouvait en état d'infériorité. L'adversaire possédait une arme et un slip, alors que lui n'avait pas même un turban. Rien de plus démoralisant que de se battre le derrière nu…

L'œil farouche, le type s'avançait, prêt à frapper. Hubert recula d'un pas, sourd aux appels angoissés de Françoise qui n'osait pas bouger. Puis, rapide comme l'éclair, il souleva un tabouret avec son pied et le projeta de toutes ses forces sur l'agresseur…

Cela fit un vacarme infernal, mais le résultat fut des plus modestes. L'autre avait eu le temps de se protéger avec ses bras. Le lourd tabouret retombé, il reparut intact, ou presque, à peine abasourdi…

Hubert recula de nouveau, attrapa une chaise dans la lingerie et repartit à l'attaque. La jeune femme continuait d'appeler.

— Fiche-nous la paix ! cria Hubert. N'ameute pas tout le quartier !

— Mais qu'est-ce qui se passe ?

— Un type qui s'est trompé de porte et qui ne sait plus par où ressortir. J'essaie de le faire passer par le trou de vidange…

Il leva la chaise, comme un dompteur, pour parer l'attaque furieuse que lui portait l'inconnu. Sous le coup de battoir, la chaise vola en éclats. Hubert rentra la tête dans les épaules, vit que l'autre était en déséquilibre, pivota rapidement sur son pied gauche et lança un maître coup de savate qui atteignit son but…

Personne n'aime recevoir un coup de pied en pleine figure, mais l'Hindou détesta visiblement le procédé. Hubert eût porté des chaussures, la décision lui eût appartenu. Mais un pied nu ne vaut pas une bonne semelle de cuir. Sonné, mais toujours conscient, l'homme partit à la renverse et roula sur lui-même.

Il avait lâché son battoir. Hubert plongea et le saisit. L'autre était déjà debout. Hubert esquiva une ruade destinée à un endroit particulièrement sensible de son individu, et pour l'heure particulièrement exposé. La peur qu'il avait éprouvée le rendit furieux. D'un terrible coup de battoir en travers du cou, il mit fin au débat…

Il reprit son souffle et annonça :

— Tu peux venir, c'est terminé.

Elle arriva prudemment, enveloppée dans un peignoir de soie qui la moulait fort agréablement.

— Tu l'as tué ? questionna-t-elle avec un plaisir malsain.

— J'en ai bien peur. Cet imbécile m'a énervé et j'ai dû frapper trop fort…

Un rapide examen le rassura. Évanoui, l'inconnu respirait encore. Hubert le dit à Françoise, qui demanda :

— Qu'est-ce qu'on en fait ?

Hubert se redressa lentement, appuya le long battoir contre le mur.

— Sonne le garçon et dis-lui de débarrasser.

Elle voulut rire, mais ne réussit qu'à produire un gloussement plutôt ridicule. Hubert venait de décider d'attendre le réveil du phénomène pour l'interroger, lorsque des coups ébranlèrent la porte, côté salon. Il grommela :

— C'était fatal, avec tout ce vacarme !

Elle se crut visée et protesta :

— Dis donc, c'est pas ma faute !

— On ne te reproche rien.

Elle ouvrait la bouche pour riposter, mais il n'était pas disposé à se disputer. Les coups redoublaient. S'il n'ouvrait pas, les pires ennuis pouvaient en découler. Il voulut quand même tenter quelque chose et traversa tout l'appartement jusqu'à la porte.

— Qu'est-ce que vous voulez ? C'est bientôt fini, ce tapage ?

Le martèlement cessa.

— Que se passe-t-il ?

— On ne peut plus avoir de scènes de ménage sans mettre tout le monde sur pied, non ?

Cela pouvait prendre ou ne pas prendre. De toute façon, on le saurait immédiatement. La voix, qu'il reconnut alors, reprit.

— C'est Lindenberg. Je suis votre voisin et j'ai tout entendu.

Hubert fit une affreuse grimace. C'était vrai que les moindres paroles devaient traverser ces murs avec une dérisoire facilité. Il n'y avait plus qu'à ouvrir la porte, ce qui fut bientôt fait.

— Je ne voulais pas ameuter tout le quartier avant d'appeler la police, expliqua Hubert.

— Un cambrioleur ? questionna l'Allemand.

C'était, bien sûr, la meilleure des versions.

— Je suppose. Je me suis réveillé alors qu'il fouillait dans les valises…

— Vous l'avez tué ?

— Non, il respire encore.

— Allez donc au bureau demander au gardien de nuit d'appeler la police. Je vais le surveiller pendant ce temps-là…

Françoise Didier s'était rapprochée.

— Où est-il ? questionna Lindenberg.

— Dans la salle de bains.

Elle le regarda pénétrer dans l'appartement et resta sur le seuil pendant que Hubert se dirigeait vers le bureau.

Le gardien de nuit dormait et Hubert dut tambouriner un bon moment au carreau pour le réveiller. Il fallut ensuite trois bonnes minutes pour lui faire comprendre ce que l'on attendait de lui, car sa connaissance de l'anglais était des plus rudimentaires. Hubert prit lui-même le téléphone. Le policier qui lui répondit devait être du même tonneau que le gardien de nuit et Hubert raccrocha finalement, à bout de patience, sans être tout à fait certain que son message avait été entendu...

Il retourna vers le bungalow, à dix mètres de là, retrouva sa folle maîtresse sur le seuil – elle n'avait même pas allumé dans le salon et l'entraîna vers le fond de l'appartement. Elle resta dans la chambre, le laissant continuer seul. Il entra dans la lingerie et ce qu'il aperçut aussitôt par l'ouverture de la porte de la salle de bains le figea sur place.

Un homme était toujours étendu, au même endroit. Mais, ce n'était plus le même homme. Lindenberg avait pris la place de celui qu'il devait surveiller.

Hubert jura bruyamment et se précipita. Une magnifique bosse sur le crâne à demi-chauve de l'Allemand était à elle seule une explication suffisante. Hubert regarda le passage du vasistas par où l'agresseur s'était enfui...

— Eh bien ça, alors !

C'était Françoise, alertée par les jurons de son amant.

— Tu n'as rien entendu ? demanda-t-il.

— Absolument rien.

C'était vraisemblable. Elle se trouvait à plus de quinze mètres et le son devait bifurquer dans la lingerie avant de pouvoir traverser la chambre, puis le salon. D'ailleurs, un coup de battoir sur un crâne ne fait pas tellement de bruit et elle pouvait l'avoir perçu sans même y faire attention. Elle ajouta d'ailleurs :

— Il y avait bien des bruits, mais je croyais que c'était lui.

Elle montra Lindenberg d'un mouvement de menton. Hubert entreprit de ranimer l'Allemand, ce qui ne fut pas long. La tête sous le robinet d'eau froide lui rendit ensuite l'usage de la parole.

— Vous vous êtes fait avoir, constata Hubert.

L'ingénieur prit son crâne douloureux entre ses mains et répondit :

— J'en ai bien peur.

— Comment est-ce arrivé ?

— Je ne sais pas, je ne me souviens plus… Je le croyais vraiment assommé. J'ai dû lui tourner le dos et…

— Et il vous a flanqué un coup de battoir.

— Je suppose.

Hubert était furieux. Ce type était vraiment trop bête. Ils allèrent dans le salon, burent un peu d'eau fraîche et attendirent.

La police arriva gaillardement un quart d'heure plus tard. Le sergent qui commandait le petit groupe de trois hommes expédia rapidement l'affaire qui n'était à ses yeux qu'un cas tout à fait banal de cambriolage.

— Il ne vous a rien pris ? demanda-t-il pour finir.

Pour le principe, Hubert vérifia le contenu de ses bagages et pria Françoise d'en faire autant. Le policier, qui avait relevé leurs identités, s'étonna soudain :

— Mais vous n'êtes pas mariés ? Comment se fait-il que vous habitiez ensemble ? C'est contraire à la morale.

— Nous ne l'avons pas demandé, répliqua Hubert. J'ai pensé que c'était une délicate attention du directeur de l'hôtel pour un touriste heureux de visiter ce beau pays qu'est le Pakistan…

— Je verrai cela avec lui, grogna le sergent.

Ils s'en allèrent. Walter Lindenberg ne semblait pas pressé.

Hubert le poussa gentiment dehors.

— Il est 2 heures, mon vieux. Et on nous réveillera sûrement très tôt…

L'Allemand rentra chez lui. Hubert referma. La porte entre la lingerie et la chambre était munie d'une serrure avec une clé. Il la boucla.

— Au lit, ordonna-t-il en gratifiant sa compagne d'une claque sur les fesses.

Avant de se coucher, il frappa à la cloison qui les séparait de l'appartement voisin. L'Allemand répondit, après quelques secondes. Hubert demanda en élevant la voix :

— Ça va ?

Pas de réponse. Il cria plus fort :

— Dormez bien !

Sans plus de résultat. Perplexe, il embrassa Françoise qui venait de se mettre dans un lit, puis s'allongea dans l'autre. Lindenberg ne l'avait pas entendu maintenant, en tout cas pas assez pour comprendre. Comment, alors, avait-il pu entendre les mots que Françoise et lui avaient échangés dans la salle de bains après la mise hors de combat de l'agresseur ?

Il se souvint d'avoir vu l'Allemand en grande discussion avec un autochtone, dans le parc, après le dîner. L'Allemand avait mis quelque chose dans la main de son interlocuteur, peut-être de l'argent...

Et ce type n'était-il pas entré en relations avec eux d'étrange façon ? De là à penser que l'agresseur avait été payé par lui et qu'il s'était ensuite arrangé pour le tirer d'affaire, il n'y avait qu'un pas. Et ce n'était pas la bosse, bien réelle, dont s'était orné le crâne de Lindenberg qui pouvait empêcher de le franchir. Hubert s'était souvent fait assommer volontairement pour des raisons moins valables...

*

On les réveilla vers 7 heures, avec le premier thé. Prêt, Hubert sortit se promener dans le parc en attendant que Françoise terminât sa toilette et le reste. Le temps était superbe et la température encore supportable. Les éperviers tournoyaient déjà dans le ciel bleu pâle. Le barbier ambulant, le chef orné d'un turban énorme, circulait lentement dans les allées, guettant les appels des clients. Un marchand de fleurs, vêtu d'un vieil uniforme de l'armée anglaise qui n'avait plus ni forme ni couleur, avait posé son panier et se lissait la barbe en bavardant avec un des serveurs de l'hôtel.

Un attelage de bœufs bossus passa lentement sur la route, devant le bloc de pierre sur lequel une plaque indiquait en milles les distances entre Rawalpindi et les principales villes des anciennes Indes britanniques. Sur le vaste terrain qui s'étend au-delà, des joueurs matinaux s'exerçaient déjà au cricket. Peut-être l'un d'eux utilisait-il le battoir qui avait failli assommer Hubert au cours de la nuit…

Hubert revint chercher Françoise. Les valises prêtes, ils allèrent déjeuner. Le chauffeur du car était déjà dans le hall, occupé à regarder le tableau d'affichage réservé au service de propagande US. Ils avaient fini leurs œufs au jambon, lorsque Françoise remarqua :

— Tiens, notre voisin n'est pas encore là ? Il va rater l'avion.

— Tant pis pour lui.

Le breakfast terminé, ils contournèrent le bâtiment pour gagner le siège des Pakistan Airways. Le car était là, mais l'employé de la compagnie se faisait attendre. Deux ou trois Occidentaux s'impatientèrent. Ils n'avaient pas l'habitude du laisser-aller oriental…

L'employé arriva au bout d'un quart d'heure, pas du tout pressé, et se suçant les dents avec application. Il ouvrit la porte du réduit sombre qui lui servait de bureau, lut le courrier, parcourut les gros titres d'un journal, puis consentit à pointer la liste des passagers.

Walter Lindenberg n'était pas là. Le chauffeur du car partit le chercher.

— Il a dû lui arriver quelque chose, murmura Françoise. Un coup sur la tête, on ne sait jamais ce que ça peut donner...

— Ne sois pas pessimiste, répliqua Hubert. Regarde plutôt autour de toi, c'est très joli.

— Je ne pensais pas qu'il existait des villes aussi belles aux Indes.

— Ici, c'est une création britannique. Chaque ville des Indes anglaises était doublée d'un cantonnement, bâti à l'écart, à deux ou trois kilomètres. Les Anglais amenaient leurs bungalows, leur gazon et leurs rocking-chairs. Ils plantaient des arbres. Va visiter le Pindi hindou et tu trouveras du changement...

— « Pindi », c'est différent de Rawalpindi ?

— Simple contraction. Oh ! voici notre ami...

L'ingénieur allemand arrivait en courant, rouge, essoufflé, se confondant en excuses. Hubert fut vaguement déçu. Il avait souhaité que le bonhomme eût profité de la nuit pour disparaître, ce qui aurait été une bonne preuve de culpabilité.

Ils s'entassèrent de nouveau dans le petit autocar. Comme par hasard, Lindenberg se retrouva derrière Hubert.

— Je n'avais pas entendu le réveil, expliqua-t-il.

Ils atteignirent l'aéroport, qui ressemblait à une petite gare de campagne. Des ouvriers à demi nus passaient du minium sur les réverbères. Les éperviers criards tournaient autour des bâtiments, se posaient, repartaient, cependant qu'un planeur rouge aux longues ailes fines évoluait majestueusement dans le ciel dont le bleu fonçait rapidement.

L'avion n'était pas prêt, bien entendu. On leur offrit le thé, pour les faire patienter…

7

Il était un peu plus de 10 heures le matin lorsque le vieux DC3 se posa, un peu brutalement, sur l'une des nouvelles pistes de l'aérodrome de Peshawar, en voie d'agrandissement.

Les passagers descendirent et gagnèrent la cour, pleine de verdure et de fleurs. La plupart d'entre eux étaient attendus par des amis ou par des relations d'affaires. Il y avait des gens de toutes races et de toutes nationalités. On parlait beaucoup anglais, mais Françoise remarqua :

— Tiens, des Français !

— Ce sont des ingénieurs d'une compagnie française de travaux publics installée à Karachi, on les rencontre partout…

Il entraîna la jeune femme vers un taxi, surveillant Lindenberg du coin de l'œil.

— Taxi !… *Dean's Hotel, please. Hurry up !*

Ils montèrent dans la voiture, une vieille Humber qui avait dû quitter les brouillards de Londres bien des décades plus tôt. Le chauffeur, coiffé d'un magnifique turban blanc, démarra, fonça vers la sortie puis reprit une allure paisible dès qu'ils furent sur North Circular Road. Hubert se retourna. L'Allemand ne les avait pas suivis. Sans doute prendrait-il sagement le bus de la compagnie…

— C'est très joli, apprécia la Française qui admirait les belles pelouses et les ombrages. Nettement mieux que Karachi !

— Nous sommes ici dans le « Cantonnement », toujours la même chose. La vieille ville, que les Anglais appellent « *the City* », se trouve à trois milles d'ici, vers l'est. Ici, vivaient les Anglais…

— Pas fous !

— Non, les Anglais sont tout ce qu'on veut, mais ils ont le sens du confort.

Ils arrivèrent les premiers au Dean's Hotel, bâti sur le même modèle que le Flashman's de Rawalpindi. Hubert demanda deux chambres voisines, puis posa la question qui lui brûlait les lèvres :

— Mrs Mary Mac Bean est-elle arrivée ?

L'employé de la réception répondit sans hésiter :

— Mrs Mac Bean est arrivée hier, monsieur.

Hubert retint son souffle, avec l'impression que tout s'immobilisait autour de lui. Puis il pensa que c'était trop beau pour être vrai.

— Elle est ici ?

— Pas en ce moment, monsieur. Elle est partie pour visiter la passe de Khaïber…

L'homme s'interrompit, regarda par-dessus son épaule la pendule murale.

— Dix heures vingt-cinq… Il n'y a sûrement pas longtemps qu'elle est partie… Voulez-vous que j'envoie quelqu'un au bureau du tourisme ? On ne sait jamais…

Hubert avait pâli.

— J'y vais moi-même, dit-il.

— Vous savez où c'est ?

— Oui.

Il passa par le couloir vitré. Le bureau du tourisme pour l'Ouest-Pakistan était installé dans un des appartements de l'hôtel, juste à l'entrée. Il traversa rapidement les massifs. Une vieille Buick 48 décapotable, en stationnement devant le bureau, lui donna de l'espoir.

Un employé, maigre et compassé, le reçut avec indifférence.

— Mrs Mary Mac Bean est-elle partie pour la passe de Khaïber ?

L'employé consulta un registre, comme s'il avait eu tellement de clients qu'il ne pût retenir leurs noms d'une heure à l'autre.

— Oui, elle est partie, monsieur.

— Il y a longtemps ?

— L'automobile est partie d'ici à 10 heures.

Vingt-cinq minutes de retard, ce n'était peut-être pas catastrophique. Le type qui devait venir du côté afghan pour rencontrer l'Australienne pouvait avoir du retard…

Françoise apparut.

— J'ai eu du mal à trouver, dit-elle. Alors ?

— Partie à 10 heures.

D'abord contrarié de la voir arriver, il se dit qu'elle pouvait lui être utile. Un sourire de femme pouvait aplanir bien des difficultés, quelquefois…

— Nous voudrions aller nous-mêmes visiter la passe, annonça-t-il à l'employé.

— Quand ?

— Maintenant. Tout de suite.

— Impossible, monsieur. Faites vos demandes, mais il faut trois jours pour obtenir les autorisations du secrétariat du ministère des Affaires tribales.

Hubert le savait. Mais il savait aussi que cela pouvait fort bien s'arranger. En Orient, tout peut toujours s'arranger.

— Trois jours ? Mais, c'est impossible ! Dans trois jours, nous serons loin. Nous devons repartir demain pour Karachi. Pensez que nous aurons parcouru plus de trois mille kilomètres pour visiter la passe et nous repartirions sans... Non ! Non ! Non ! Non ! Cela ne se peut pas.

Il sortit quelques gros billets de son portefeuille.

— S'il y a des frais, je suis prêt à payer.

L'autre parut hésiter, regard fixé sur le jardin au-delà de la porte ouverte. Puis il fit non de la tête. Hubert allait insister, Françoise lui donna un coup de coude dans les reins. Il se retourna. Un Pakistanais corpulent, vêtu à l'occidentale, l'air important, arrivait d'un pas pressé, précédant Walter Lindenberg lui-même.

— Bonjour, dit l'Allemand d'un ton froid.

Hubert lui répondit d'un signe de tête et salua le Pakistanais qui répondit fort aimablement, mais sans s'attarder. Une conversation en urdu[1] s'engagea aussitôt. Hubert se rapprocha de l'ingénieur :

— Qui est-ce ?

— Le directeur du tourisme pour la région.

— Il est en train de vous arranger quelque chose ?

— Peut-être.

Visiblement ennuyé de les avoir retrouvés là, l'Allemand pivota sur ses talons pour se plonger dans l'examen d'une carte murale. Françoise avait pris quelques brochures concernant Peshawar, le vieux fort Bala Hisar, et les feuilletait négligemment. Le directeur du tourisme, qui s'était appuyé des deux mains sur le

1. Langue officielle du Pakistan.

bureau de son subordonné, se redressa pour annoncer en anglais à Lindenberg :

– Tout est arrangé. Vous allez remplir les papiers nécessaires. Le chauffeur de la voiture que vous avez vue dehors sera ici dans quelques minutes. Il vous conduira au secrétariat du ministère des Affaires tribales, je vais les prévenir par téléphone, et vous serez avant midi à la passe de Khaïber. Satisfait ?

– Très. Je ne sais vraiment comment vous remercier…

– Eh bien, ne me remerciez pas. C'est tout naturel…

Hubert se lança tête baissée.

– Excusez-moi, monsieur le ministre…

– Je ne suis pas ministre, mais directeur de…

– Monsieur le directeur général, permettez-moi de vous présenter ma petite cousine, Mlle Françoise Didier…

Coup de coude, sourire enjôleur. Le Pakistanais se fendit en deux et baisa la main de la jeune femme, l'assura de son ravissement. Hubert enchaîna vivement, sous l'œil courroucé de Walter Lindenberg :

– Ma tante, Mrs Mac Bean, est partie ce matin pour visiter la passe de Khaïber. Un retard de notre avion nous a empêchés d'arriver hier soir et elle n'a pas cru devoir nous attendre. Nous aimerions tellement la rejoindre, avoir ensemble ce souvenir commun d'un des hauts lieux de l'histoire du monde[1]…

---

1. La Khyber Pass était autrefois la voie traditionnelle des invasions venant de l'Ouest. Les Perses, les Grecs, les Mongols la franchirent à maintes reprises pour envahir les Indes. Alexandre le Grand lui-même y conduisit ses armées. Mahomet aussi, auquel on doit l'islamisation de cette région qui forme maintenant la nation musulmane du Pakistan.

Le directeur cessa d'être ravi.

— Adressez-vous à mon employé, il vous expliquera…

— Il nous a déjà tout expliqué. Mais ce qui est possible pour ce citoyen allemand le sera sûrement pour nous…

— Mais ce…

Hubert l'interrompit vivement, afin de lui éviter de se fourvoyer de manière irréparable :

— Nous connaissons bien M. Lindenberg. Nous avons voyagé ensemble depuis Lahore et nous sommes arrivés ce matin par le même avion.

Le directeur du tourisme pour l'Ouest-Pakistan capitula de bonne grâce ; il lui était impossible de faire autrement.

— Eh bien, c'est d'accord. La voiture est assez grande pour vous contenir tous et cela fera moins de frais à M. Lindenberg.

— Comme vous êtes gentil, murmura doucement Françoise avec son plus charmant sourire.

Ils remplirent plusieurs questionnaires. Il leur fallut ensuite attendre le chauffeur de la voiture de louage, qui se faisait désirer. Hubert et Françoise en profitèrent pour prendre possession de leurs appartements, situés dans un long bâtiment bas qui faisait penser à des boxes pour chevaux. Petit salon avec cheminée, chambre et salle de bains, le tout beaucoup plus étroit et moins luxueux qu'au Flashman's. Un garçon enturbanné vint leur demander s'ils désiraient un feu de cheminée le soir venu, car il ferait frais. Il voulait aussi leur apporter du thé, mais Hubert, craignant que Lindenberg ne

---

Près de Peshawar, on voit des Bouddhas de pierre avec le profil grec.

leur jouât un mauvais tour, préféra retourner sans plus tarder au bureau du tourisme.

— Prenons des caméras, dit-il en français à la jeune femme, que nous ayons l'air de vrais touristes.

— Ce que nous sommes.

— Ce que nous sommes, bien entendu.

Le chauffeur, un sikh barbu[1], arrivait enfin. Quelques formalités, encore, à remplir, des instructions à donner, ils purent partir. La montre du tableau de bord indiquait 11 h 15.

Walter Lindenberg s'était installé devant, près du conducteur. Hubert et Françoise, derrière.

— N'avez-vous pas oublié vos valises ? demanda Hubert à l'ingénieur.

— Elles sont dans le coffre, répondit l'autre d'un ton maussade.

Hubert trouvait que le changement d'attitude de l'Allemand donnait à penser. Rien ne prouvait qu'il dût le compter parmi ses adversaires, mais mieux valait se tenir sur ses gardes...

Ils arrivèrent en moins de dix minutes au secrétariat du ministère des Affaires tribales, ancienne caserne anglaise, où ils furent conduits dans une salle toute en longueur où travaillaient de nombreux employés sur d'antiques machines à écrire.

On leur posa de nouvelles questions, on remplit de nouveaux formulaires, puis les tampons de caoutchouc

1. Les Sikhs forment aux Indes une secte religieuse de deux millions d'adeptes. Leur foi leur interdit de se couper les poils, barbe et cheveux compris. Ils furent les meilleurs soldats indigènes de l'armée anglaise et s'adaptèrent plus facilement à la vie moderne que les autres Hindous des classes modestes.

s'abattirent sur les autorisations que le chauffeur garda sur lui.

— Cette fois, nous tenons le bon bout, dit Hubert.

Il était midi moins vingt. Comme il fallait compter une heure de route pour atteindre la frontière, Mrs Mary Mac Bean devait être là-haut depuis près de trois quarts d'heure…

Hubert allait dire à leur conducteur qu'ils étaient pressés lorsque l'Allemand le devança.

— Je devais être à midi à la frontière, dit-il. Vous seriez bien gentil d'aller aussi vite que possible. Je vous récompenserai…

Ils étaient sortis de la ville. Des champs cultivés s'étendaient de part et d'autre de la route. Une longue file de chameaux lourdement chargés, descendant de la montagne, venait en sens inverse sur la piste des caravanes, à droite de la route.

Ils passèrent bientôt devant la grande université islamique de Peshawar. Des étudiants étaient étendus sur les pelouses, occupés à lire.

Puis un grand bâtiment rouge, qui ressemblait à un cuirassé, barra soudain l'horizon et la chaussée : le fort de Jamrud.

Des militaires entourèrent la voiture. Les passagers durent descendre. Hubert et Françoise se virent confisquer leurs caméras qui furent enfermées dans un vieux placard et pour lesquelles on leur donna un reçu.

Les barrières s'ouvrirent. La vieille Buick repartit, avec un bruit de soupapes peu rassurant. Ils roulaient maintenant dans le territoire interdit.

Les montagnes se dressaient devant, de plus en plus hautes à mesure que la distance diminuait. Bientôt, la piste des caravanes, la voie du chemin de fer et de la route commencèrent à s'entrecroiser. Il y eut d'autres forts, moins importants que Jamrud, des villages de torchis que dominaient des tours hérissées de pieux, des écoles en plein air, des processions de femmes voilées cheminant le long des crêtes, portant des jarres sur leur tête, que protégeaient de farouches guerriers armés de longs fusils…

– Quel pays étonnant, murmura la Française. Je suis absolument fascinée.

– Nous sommes en plein territoire des tribus. Les gens qui vivent dans ce décor lunaire s'appellent des Pathans, héritiers d'une vieille tradition guerrière qui, même encore maintenant, restent sur le pied de guerre, sans aucune raison. Le gouvernement du Pakistan a été obligé de faire des lois spéciales pour les Pathans, c'est-à-dire, surtout, de respecter les leurs. Ils pratiquent la vendetta. Tout ce qu'on a pu leur interdire, c'est de tuer sur une bande de territoire, très réduite, de part et d'autre de cette route. Ils s'arrangent pour abattre leurs ennemis un peu plus loin, moyennant quoi ils ne sont pas passibles des tribunaux réguliers. De temps à autre, tout de même, il y a des incidents. Les Pathans ne sortent jamais sans leurs fusils, qu'ils fabriquent eux-mêmes sur le modèle des vieux « Enfield » de l'armée anglaise. Quand ils s'ennuient, ce qui leur arrive, ils s'amusent à tirer sur les voitures qui passent. Et… ils tirent généralement comme des dieux !

La jeune femme frissonna :

– C'est gai !

La route s'élevait maintenant en lacets serrés, passant et repassant sur des ponts vertigineux qui franchissaient la voie ferrée. Ils croisèrent quelques camions bariolés de couleurs vives qui descendaient vers Peshawar, lourdement chargés. Un peu plus loin une caravane de petits ânes gris peinait sur une pente. De vieilles tours de guet se dressaient sur des pitons rocheux aux endroits stratégiques. Des silhouettes immobiles de guerriers, appuyés sur leurs fusils, se découpaient de temps à autre sur le fond bleu pâle du ciel brumeux…

Après un virage brusque, la route plongea vers une vallée au fond de laquelle serpentait un torrent. Quelques arbustes rabougris végétaient tout en bas. Ils franchirent un barrage antichar. Des plaques commémoratives de combats livrés par des régiments britanniques étaient encore scellées dans les rochers.

— J'ai l'impression de vivre un roman de Kipling, dit Françoise. C'est fantastique.

L'Allemand proposa :

— On pourrait demander à ce brave de baisser la capote. Tout le monde verrait mieux…

— Vous êtes en retard, objecta Hubert qui trouvait déjà que l'on n'allait pas assez vite.

— Je ne suis plus à quelques minutes près, et vous ne reviendrez peut-être jamais par ici…

Il prit le silence d'Hubert pour un acquiescement et donna des instructions au chauffeur sikh qui arrêta la voiture sur un dégagement surplombant le vide.

Ils mirent pied à terre. L'Allemand demanda la clé du coffre pour prendre quelque chose dans une de ses valises. Hubert aida le Sikh à manœuvrer la capote. Ils étaient en train de fixer la courroie lorsque Françoise cria :

— Attention !

D'instinct, Hubert plongea pour s'abriter. Une balle siffla au-dessus de sa tête, une détonation se répercuta entre les montagnes. Il se retourna, ne vit rien, entendit derrière lui Françoise qui bredouillait :

— Lindenberg. Il a un revolver…

Hubert regarda sous la voiture et vit les pieds de l'Allemand, de l'autre côté du véhicule. Maintenant, les cartes étaient abattues et on savait à quoi s'en tenir. Hubert ramassa une grosse pierre et la lança de toutes forces dans les jambes de l'ingénieur qui se déplaçait vers le capot.

Mouche. Une cheville atteinte, Lindenberg hurla. Hubert ramassa une autre pierre, grosse comme le poing, et se redressa. Surmontant sa douleur, l'Allemand lui tira dessus, mais le manqua, à moins de deux mètres. Hubert, lui, ne le manqua pas. Le gros caillou termina sa course en plein dans la figure de l'agresseur.

Une giclée de sang, doublée d'un second hurlement. Ce fut tout. Hubert contourna la voiture, désarma son adversaire évanoui, puis chercha des yeux le chauffeur qui avait disparu…

— Où est-il, cet animal ? demanda-t-il à la Française qui réapparaissait prudemment.

— Il a détalé comme un lièvre.

Le Sikh émergea soudain du fossé. Sa barbe était grise de poussière. Il traversa la route et vint cracher sur l'ingénieur.

— Qu'est-ce qu'on en fait ? demanda Hubert.

Le Sikh passa ses doigts dans sa barbe et répondit avec rancune :

— On le balance dans le ravin. On dira que c'est un accident. Les vautours l'auront bouffé quand la police arrivera. Si on raconte ce qui s'est passé, on n'en finira plus de répondre aux questions. Et pourquoi il a attaqué, pourquoi il a fait ci, pourquoi il a fait ça, pourquoi sa mère l'a nourri au sein, et pourquoi, et pourquoi…

Hubert sourit et prit Françoise à témoin.

— La sagesse me paraît s'exprimer par la bouche de ce brave ; qu'en penses-tu ?

Elle répondit en français.

— Le seul problème est de savoir si on peut lui faire confiance…

Le Sikh ne leur laissa pas le temps de décider. Il saisit l'Allemand par les épaules, le tira au bord du précipice, puis le fit basculer dans le vide. Françoise Didier ferma les yeux et se boucha les oreilles pour ne pas entendre les chocs mous, affreux, du corps qui rebondissait de rocher en rocher…

Hubert regarda autour d'eux afin de s'assurer que personne ne les observait. Il ne vit rien. Avec ses pieds nus, le chauffeur effaça les traces laissées par les talons de sa victime, puis recouvrit avec de la poussière le sang qui avait coulé du visage écrasé.

— Eh bien, constata Hubert, voici une bonne chose de faite.

— On dira qu'on s'est arrêté pour baisser la capote, qu'il s'est trop approché du bord et qu'il est tombé. Allez ! Zou !

Ce brave était vraiment plein d'initiative. Hubert acquiesça :

— Nous voudrions arriver là-haut avant que ma tante n'en soit repartie. En route !

La vieille Buick repartit en soufflant. Ils descendirent dans la vallée, passèrent au centre d'un nouveau barrage antichar prêt à se refermer à la moindre alerte, remontèrent sur l'autre versant, contournèrent une avancée rocheuse que le chemin de fer traversait dans un tunnel, et aperçurent le poste de contrôle militaire…

Personne n'avait pensé à ces postes échelonnés tout au long de la route stratégique, entre Jamrud et la frontière. Un soldat en armes fit quelques pas sur la chaussée pour se montrer. Comme les autres, il allait leur faire signe de passer dès qu'il aurait reconnu la voiture qu'il avait l'habitude de voir presque chaque jour. Mais...

— Il faut s'arrêter ici pour leur dire, annonça le Sikh en levant le pied de sur l'accélérateur.

Hubert était catastrophé. Il avait immédiatement entrevu tout ce qui allait s'ensuivre : les longues explications, le déplacement en force jusqu'au lieu de l'accident, la remontée difficile du corps, le retour au poste, la dactylographie laborieuse des auditions des témoins. Il y en aurait pour trois heures, peut-être quatre ; peut-être bien davantage... Il se pencha en avant, toucha l'épaule du chauffeur.

— Il vaudrait mieux, je crois, faire notre rapport là-haut, aux autorités de police de la frontière qui seront mieux outillées et sûrement plus qualifiées.

— Ils me le reprocheraient.

— Réfléchissez : le type n'est peut-être pas encore mort. S'il parle, notre histoire d'accident est foutue.

Touché. Mais, le barbu secoua la tête et appuya sur le frein en même temps.

— Je ne peux pas.

— Cent dollars pour vous...

Le soldat leur faisait signe de passer. Troublé par l'idée des cent dollars, le Sikh relâcha le frein et franchit le barrage sans le vouloir vraiment.

— Américains ?

— Des dollars américains, oui.

Ils avaient dépassé le poste d'une trentaine de mètres. Un nouveau virage les mit hors de vue du soldat. Il était trop tard. La sueur inonda le visage tanné du chauffeur dont les épaules se tassèrent. Hubert se détendit et se laissa retomber contre le dossier de la banquette.

— Vous me donnerez l'argent au retour, demanda l'autre. S'ils le trouvaient sur moi, ce serait mauvais...

— D'accord, dit Hubert. Là-haut, vous n'aurez qu'à faire l'imbécile et assurer dur comme fer que vous étiez persuadé que les postes intermédiaires ne pouvaient rien faire. Nous affirmerons de notre côté qu'aucun doute ne pouvait être conservé sur la mort de ce malheureux ingénieur...

Françoise Didier chercha la main d'Hubert et la lui serra.

— Et s'il n'est pas mort ?

Il répondit en français.

— Même s'il n'est pas mort et s'il en réchappe, il confirmera la thèse de l'accident, soyez tranquille. Il n'avouera jamais nous avoir attaqués.

— Mais il pourrait nous accuser, nous, de l'avoir attaqué.

— Impossible. Cela entraînerait des demandes d'explications dont il ne voudrait à aucun prix.

Ils atteignirent la frontière un quart d'heure avant 13 heures. Hubert demanda au Sikh :

— Dès que vous voyez la voiture de votre collègue qui a conduit une touriste ce matin, vous me la montrez.

Ils ne l'avaient pas croisée en montant et il n'existait qu'une seule route. Elle était donc encore là.

Des constructions diverses s'échelonnaient de part et d'autre de la route qui s'élargissait pour former une sorte de place. Des nomades campaient un peu partout. Des camions rafistolés, bariolés de motifs décoratifs bleus, jaunes, rouges, mauves et verts, dont il aurait été impossible, même à un spécialiste de l'histoire de l'automobile, de dire l'âge, ou plus simplement la marque du constructeur, étaient rangés tant bien que mal sur les bas-côtés. Un peu plus loin, accroupis dans la poussière, les chameaux d'une caravane regardaient le spectacle d'un œil dédaigneux. Devant un entrepôt, des employés des douanes comptaient des peaux d'astrakan, cependant que d'autres vérifiaient des ballots de thé vert. Une lumière dansante, très pure, comme irréelle, enveloppait le tout. Et, à cause de l'altitude, la température était presque fraîche, en tout cas merveilleusement supportable...

Un homme en uniforme s'approcha de la voiture que le Sikh venait de ranger entre deux camions. Hubert sortit son passeport, réflexe d'un vieil habitué des frontières. Mais l'homme en uniforme voulait simplement leur souhaiter la bienvenue. Hubert le remercia, lui dit qu'ils avaient un accident à déclarer, mais que leur chauffeur expliquerait cela mieux qu'il ne pourrait le faire lui-même. Avait-il vu une autre voiture de Peshawar transportant une dame australienne d'un certain âge ?

— Non, répondit l'autre. Vous êtes les premiers touristes que nous voyons ce matin.

Hubert en resta pantois. Ce n'était pas possible. Il insista, mit le doute dans l'esprit de son interlocuteur qui finit par lui conseiller d'aller voir l'officier des douanes.

— Il reçoit tous les touristes qui viennent ici, sans exception. Alors...

Hubert laissa le Sikh expliquer comment, en cours de route, il avait perdu un passager, et se dirigea vers la maison des douanes qui se trouvait perchée sur une éminence, au centre d'un petit jardin planté d'arbustes, juste à droite avant la frontière.

Il escalada les marches de pierres au flanc du talus et trouva sans difficulté l'officier pakistanais qui lui souhaita la bienvenue.

— Vous voudrez bien m'excuser, commença Hubert...

— Mais je vous en prie. Voulez-vous une tasse de thé vert, ou bien préférez-vous que je mette dès maintenant un homme à votre disposition pour visiter la frontière ?

Hubert connaissait la musique. Dans ce coin perdu entre deux mondes, l'officier des douanes, homme d'une certaine culture, s'ennuyait comme un rat mort, et il cherchait par tous les moyens à retenir les touristes de passage le plus longtemps possible. C'était sa seule distraction.

— Pardonnez-moi, répliqua Hubert avec un large sourire. Je voudrais d'abord un renseignement…

— À votre disposition.

— Mon nom est Horace Mac Bean. Ma tante, Mrs Mary Mac Bean, est partie du Dean's, de Peshawar, à 10 heures ce matin, pour venir ici. Comme nous n'avons pas croisé sa voiture en montant, elle doit être encore ici et…

L'officier fronça les sourcils.

— Une dame ? Je n'ai vu aucune dame ce matin.

Hubert pensa que quelque chose n'allait pas. Il insista :

— Une dame d'une cinquantaine d'années, très britannique d'allure. Très « vieille Angleterre », bien qu'elle soit de nationalité australienne…

— Je n'ai rien vu de comparable ces jours derniers. Il doit y avoir un malentendu. Êtes-vous bien sûr qu'elle venait ici ? Il ne manque pas d'autres pôles d'attraction dans la région ; la passe de Kohat, les ruines bouddhistes de Takht-i-Bhai et…

— C'est le directeur du Tourisme, à Peshawar, qui m'a donné le renseignement.

L'officier eut un geste d'impuissance.

— Je suis navré, monsieur, mais je n'ai pas vu votre tante. Puis-je maintenant vous offrir une tasse de thé ?

Perplexe, ne sachant s'il devait ou non se réjouir de cette disparition imprévue, Hubert regardait sans le voir un employé tamponner des passeports sur une petite table en bois blanc, en plein air, à l'ombre d'un arbre aux feuilles argentées qui ressemblait à un olivier.

— J'aimerais téléphoner...

— Voulez-vous que je m'en charge ?

— Vous êtes trop aimable.

Ils entrèrent dans une pièce blanchie à la chaux dont un vieux téléphone de campagne était le plus bel ornement. L'officier demanda le secrétariat du ministère des Affaires tribales à Peshawar et Hubert apprécia cette façon de procéder qui leur ferait gagner du temps et leur fournirait une information indiscutable.

La communication fut assez vite établie, sans doute parce qu'il s'agissait de deux organismes officiels. Par égard, probablement, pour Hubert, l'officier s'exprima en anglais. Le correspondant se montra formel. Mrs Mary Mac Bean était bien partie pour visiter la passe de Khaïber, vers 10 h 30 le matin même, dans une voiture immatriculée NWP-6548, pilotée par un chauffeur répondant au nom d'Hassan Ali Pantakhi.

Troublé, l'officier des douanes raccrocha, répéta ce qu'il avait appris et que Hubert avait compris, puis décida :

— J'appelle Jamrud. On verra bien...

Il était occupé à demander la communication lorsque Françoise Didier pénétra timidement dans la pièce et toucha le bras d'Hubert.

— Le chef de la police veut te voir, murmura-t-elle, c'est pressé.

Hubert la regarda.
— Comment se présente l'enfant ?
— Comme ci, comme ça. Il a du mal à comprendre pourquoi nous n'avons pas signalé l'accident aux postes intermédiaires. J'ai l'impression que notre automédon est en train de passer un mauvais quart d'heure…
— À cent dollars de l'heure, cela peut devenir un bon quart d'heure…
L'officier des douanes, qui attendait le branchement, s'inclina vers la jeune femme, avec un sourire qui en disait long sur le plaisir que lui procurait cette intrusion.
— Ma petite cousine, Françoise, présenta Hubert.
— La fille de Mrs Mac Bean, sans doute ?
— Non, elle s'appelle Didier. La branche française…
— Ah, bien… répliqua le douanier, renonçant à comprendre.
On lui passa le fort de Jamrud, il demanda le bureau de contrôle du trafic routier, expliqua ce qu'il voulait :
— Mrs Mary Mac Bean, australienne, cinquante ans environ, conduite par Hassan Ali Pantakhi, dans une voiture immatriculée NWP-6548…
La réponse ne se fit pas attendre. L'officier écouta, puis transmit à Hubert :
— Ils sont passés à Jamrud vers 10 h 45. La dame était paraît-il très gaie. Elle a laissé là-bas un appareil photographique et une petite caméra…
Il remit l'appareil sur son crochet et conclut, l'air soucieux :
— Je ne voudrais pas vous affoler, mais je crains fort que nous n'ayons à redouter un accident. La route est dangereuse. Vous devriez voir le chef de la police…

Hubert n'avait aucun besoin de jouer la comédie pour paraître inquiet. Il avait d'abord été soulagé d'apprendre qu'il n'était pas arrivé trop tard, mais il se rendait compte soudain qu'il avait peut-être donné au terme Khyber Pass une signification trop étroite. La passe de Khaïber, ce n'était pas seulement ce col qui marquait la frontière entre le Pakistan et l'Afghanistan. La passe commençait en bas, dès les premiers contreforts de la chaîne himalayenne, là où la forteresse de Jamrud en défendait l'accès. Or, Mrs Mary Mac Bean avait franchi le contrôle de Jamrud…

Il s'aperçut qu'il suivait Françoise, qui le conduisait sans doute chez le chef de la police. Il se laissa entraîner, continuant de réfléchir. L'agent du « Centre » qui devait rencontrer l'Australienne, pouvait avoir acheté la complicité d'une tribu de Pathans, toujours prêts à comploter pour une cause ou pour une autre. L'entrevue était peut-être en train de se dérouler dans un de ces fortins de torchis qui se dressaient çà et là des deux côtés de la Passe, dans les montagnes. Si cela était, il n'y avait plus qu'à tirer un trait. Autant chercher une aiguille dans une botte de foin…

Ils entrèrent dans le bureau du chef de la police, qui était un petit homme rond et chauve, aussi imbu de son importance que tous les petits chefs de police du monde entier. Distant, mystérieux, il tendit la main :

– Votre passeport, s'il vous plaît.

Hubert lui remit le document. Le petit homme passa une main soignée sur son crâne lisse, puis ouvrit le livret à la première page :

– Horace Patrick Mac Bean, lut-il lentement.

Puis il releva la tête, regarda Hubert avec un nouvel intérêt et demanda :

— Seriez-vous parent d'une certaine Mrs Mary Dorothy Mac Bean, de nationalité australienne…

Hubert retint son souffle.

— C'est ma tante. Nous espérions justement la trouver ici…

Le chef de la police prit un air très, très ennuyé.

— Je suis navré, reprit-il, sincèrement navré…

— Il lui est arrivé quelque chose ?

Le policier posa le passeport sur la table et dit en se caressant pour la seconde fois le cuir chevelu :

— Décidément, c'est la journée des accidents…

— Un accident ?

— La voiture qui transportait votre tante est tombée dans un ravin, à dix milles d'ici. On vient de remonter les corps…

— Morte ?

— Oui. Le chauffeur aussi…

— Seigneur ! murmura Hubert.

— Oh ! C'est trop affreux ! cria Françoise avant d'éclater en sanglots.

Hubert resta un long moment silencieux, puis, d'un ton assourdi, il s'enquit :

— Pourrais-je voir le corps ?

— Les corps ont été redescendus à Peshawar. Vous vous adresserez donc à mon collègue, là-bas. En attendant, avant que vous ne repartiez, je voudrais prendre votre déposition concernant l'accident qui est arrivé à votre compagnon de route…

— À votre disposition, répliqua Hubert. Mais je vous demanderai comme une grâce de faire le plus vite possible…

Il pensait que le secret du revêtement antiradar pouvait fort bien se trouver dans les vêtements ou dans le sac à main de sa chère « tante » et qu'il n'y avait pas de temps à perdre.

8

Il avait fallu remontrer le corps de Walter Lindenberg – il était bien mort – et l'identifier. Si bien qu'ils ne purent regagner Peshawar avant 17 heures. Ils se rendirent aussitôt au quartier général de la police de Ghor Khattri. Un officier les prit en charge et les conduisit à la morgue du Lady Reading Hospital où se trouvait la dépouille mortelle de Mary Mac Bean.

— Je vous préviens qu'elle n'est pas très belle à voir, dit le policier avant d'entrer.

— Qu'avez-vous fait de ses affaires personnelles ?

— Nous en assurons la garde. Elles vous seront remises si vous le désirez.

— Certainement. Avez-vous fait l'inventaire du contenu de ses poches ?

— Ses vêtements étaient en lambeaux. Nous avons dû les lui retirer. Nous en avons fait un paquet.

Hubert se rendait parfaitement compte que le Pakistanais l'observait avec une curiosité teintée de mépris, et qu'il devait se demander si Mac Bean était un nom d'origine irlandaise, et non écossaise… Françoise aussi le considérait avec surprise.

Ils furent introduits dans la chambre froide. Le corps de la défunte était placé sur un chariot, un peu à l'écart des autres. Un infirmier souleva le drap, taché de rouge, qui couvrait le cadavre.

La jambe droite était broyée, le bras droit presque arraché, mais le visage était intact. Elle avait dû mourir à bout de sang…

Hubert s'approcha et ressentit un choc au creux de l'estomac. Ce visage rond et assez beau n'était pas celui de la photographie qu'il possédait. Il entendit le souffle de Françoise qui l'avait rejoint et crut qu'elle allait exprimer tout haut ce qu'il pensait. Elle avait réellement connu Mrs Mac Bean, pas seulement son portrait.

— La reconnaissez-vous ? questionna le policier.

La jeune femme répondit, sans hésiter, d'une voix simplement enrouée par l'émotion :

— Oh ! Oui… C'est bien elle. Pauvre Mamie…

Hubert resta impassible, mais son cerveau travaillait vite. Il ne se souvenait pas d'avoir jamais montré à Françoise la photographie qu'il possédait. Mais d'autres avaient identifié l'Australienne au moyen de cette seule photographie, et sans difficulté. Il fallait donc admettre que le portrait était ressemblant…

Or il n'y avait absolument rien de commun entre ce visage vidé de son sang et celui qu'il s'était attendu à voir.

— Et vous, monsieur Mac Bean ?

Hubert tressaillit. Il n'avait aucun intérêt à soulever un lièvre de cette taille. S'il refusait de la reconnaître, une enquête longue et compliquée s'ensuivrait qui lui ferait perdre un temps précieux. Car, s'il y avait eu deux Mrs Mac Bean, l'autre était probablement encore vivante et ce devait être la vraie.

— Oui, répondit-il. C'est bien elle. Pauvre tantine…

Ils signèrent un procès-verbal, puis ressortirent, écœurés par l'odeur douceâtre qui régnait dans ces lieux. Hubert respira profondément, les yeux levés vers les tours imposantes de l'énorme forteresse de Bala Hissar qui dominait l'hôpital.

Ils retournèrent au QG de la police. On remit à Hubert un paquet contenant toutes les affaires de Mrs Mac Bean, les valises étant restées à l'hôtel. Hubert signa une décharge. Ils ne trouvèrent pas de taxi automobile, mais une *tonga*[1], conduite par un jeune Pathan sympathique, qui les ramena au Dean's...

*

Très déçu, Hubert se laissa tomber sur la chaise et regarda une dernière fois le résultat de ses recherches. Il avait tout mis en pièces, sans résultat. Il connaissait pourtant les meilleures façons pour un agent secret de dissimuler des microfilms...

Il reprit le passeport australien, établi au nom de Mrs Mary Dorothy Mac Bean, afin d'examiner encore la photographie d'identité qui s'y trouvait fixée. Ce visage était bien celui de la morte, pas de doute.

Il se leva et alla chercher dans ses bagages une loupe à fort grossissement pour examiner de près la fixation de cette photographie...

Il ne semblait pas y avoir eu substitution. Et pourtant... Bien qu'il sût combien une photographie peut quelquefois trahir un visage, Hubert était pratiquement certain que cette Mrs Mac Bean n'était pas la sienne.

Il existait un moyen extrêmement simple de le contrôler. Jusqu'alors, tous ceux à qui il avait montré la photographie prise par le Portugais à Karachi avaient reconnu sans hésitation Mrs Mac Bean. Il suffisait donc

1. Voiture légère à deux roues, tirée par un cheval.

de montrer cette même photographie à quelqu'un de l'hôtel, ou du bureau du tourisme…

Il sortit, ferma la porte à clé et partit sans faire signe à Françoise qui devait se reposer dans l'appartement voisin. Le bureau du tourisme était fermé. Il marcha jusqu'à celui de l'hôtel. Le concierge était là, qui présenta aussitôt ses condoléances pour la mort tragique de cette excellente personne, qui lui avait longuement dit, la veille encore, combien elle éprouvait de plaisir à visiter le Pakistan…

— Et elle était si joyeuse ce matin, en partant. Je lui ai demandé si elle rentrerait déjeuner et elle m'a répondu qu'elle n'en savait rien, à la grâce de Dieu… Son Dieu n'a pas été bon pour elle, monsieur.

— Hélas, répliqua Hubert en écrasant d'un doigt discret une larme imaginaire au coin de sa paupière droite. Nous sommes bien peu de chose, vraiment…

Il sortit son portefeuille, fouilla dedans et enchaîna :

— Pouvez-vous me changer un chèque de voyage ?

L'employé haussa les sourcils, l'air dubitatif.

— Le caissier n'est pas là, mais je peux vous faire le change si cela vous arrange…

Ils effectuèrent l'opération. Hubert signa le chèque et empocha les roupies. Puis il s'éloigna en « oubliant » sur le comptoir la photographie de Mrs Mac Bean.

Il était à la porte lorsque le concierge le rappela.

— Ceci est à vous, je crois ?

Il revint sans hâte, prit la photographie, la regarda, sourit et répliqua :

— Oh ! Oui… Vous connaissez cette dame, d'ailleurs…

Il la lui montra. Le concierge l'examina, fit la moue, puis secoua négativement la tête.

— Je regrette, monsieur. Je ne me souviens pas… Pourtant, j'ai une excellente mémoire…

— Une autre de mes tantes, expliqua Hubert. Je croyais qu'elle était déjà venue ici…

— C'est possible, monsieur. J'étais peut-être absent…

Hubert remit la photographie dans son portefeuille et ressortit. Il était maintenant fixé. La femme qui avait trouvé la mort le matin même entre le fort de Jamrud et la frontière n'était pas la vraie Mrs Mac Bean, en tout cas pas celle dont il avait pris la piste à Karachi. La substitution de personne ne faisait donc plus aucun doute…

Il fit quelques pas sur le gazon qui s'étendait entre la cour et le mur bordant la route. Une certitude désagréable s'imposait à lui : Françoise Didier, pour une raison qu'il ne soupçonnait pas, encore l'avait mené en bateau…

*

Ils avaient fini de dîner. La nuit était tombée. Lorsqu'ils se retrouvèrent dehors, la jeune femme frissonna.

— Va chercher un manteau, dit Hubert, nous allons faire un tour à pied.

— Je n'ai pas de manteau.

— Tu as bien un gilet de laine ?

— Oui.

— Alors, va le mettre. Une petite promenade nous fera le plus grand bien.

— Brrr ! fit-elle. Cette fraîcheur me surprend.

Ils gagnèrent leurs appartements, à travers le parc mal éclairé. Hubert entra chez lui pour mettre un pull sous sa veste. Un bon feu de bois flambait dans la cheminée du petit salon.

Il avait dû s'occuper de l'enterrement. Le pasteur de Saint John's, l'église protestante de Peshawar, s'était montré compréhensif et avait fixé la cérémonie au lendemain matin.

Hubert ressortit, ferma sa porte à clé. Un petit mur de briques séparait des logements voisins le jardinet faisant partie de son domaine. Il le franchit et ouvrit la porte de Françoise.

— Tu es prête ?

Elle avait mis des bas et, jupes troussées, était en train de les fixer.

— Joli spectacle, apprécia-t-il.

— Idiot !

Elle termina l'opération, rabattit sa robe à grandes claques puis boutonna son gilet de laine bleu clair.

— Je suis prête.

Ils partirent, en se donnant le bras. Des gens, invisibles, discutaient à voix basse tout près de là. Dans les arbres, des oiseaux donnaient la réplique aux insectes. Hubert respira profondément.

— Quel délice, après la fournaise de Karachi.

Ils franchirent le grand portail. Hubert prit à droite.

— Où allons-nous ?

— Au hasard.

Elle se pendait à son bras et se serrait contre lui.

— Ça t'ennuierait beaucoup de m'héberger cette nuit ? demanda-t-elle. J'aurais trop peur de dormir toute seule dans ce truc. Je n'ai pas confiance dans ces énormes verrous, je ne sais jamais quand c'est fermé ou pas…

— Si tu es mignonne avec moi, nous verrons ça.

Ils dépassèrent le carrefour et continuèrent jusqu'au pont du chemin de fer. Un train de marchandises était en gare, sous pression. Ils s'accoudèrent au garde-fou et regardèrent la machine haletante qui crachait d'énormes volutes de vapeur blanche.

— Quand repartons-nous ? questionna la jeune femme.

— Demain, aussitôt après l'enterrement.

Bref silence. Elle questionna :

— Tu l'aimais beaucoup, ta tante ? Tu as beaucoup de peine ?

Il répliqua doucement, très doucement :

— Le corps que nous avons vu tantôt à la morgue n'était pas celui de ma tante, et tu le sais très bien.

Un coup de sifflet strident s'échappa de la locomotive, qui les surprit tous les deux et empêcha Hubert de noter les réactions de sa voisine. Lorsque le bruit eut cessé, Françoise Didier protesta :

— Qu'est-ce que tu racontes ?

— Que la femme morte qui repose depuis cet après-midi à la morgue de Peshawar n'avait rien de commun avec la vraie Mrs Mary Mac Bean que tu as peut-être connue à Calcutta et sûrement vue au Beach Luxury de Karachi…

Elle s'indigna, avec toutes les apparences de la sincérité :

— Mais c'est insensé ! Tu es complètement fou !

— Je ne suis pas fou. Je veux simplement savoir pourquoi tu as joué cette comédie et qui t'a payée pour la jouer…

Il était calme, aussi calme qu'un tigre se préparant à bondir sur une chèvre pour la déchiqueter. Elle le sentit et la peur la fit trembler.

— Je rentre, dit-elle en lui tournant le dos. Cherche une autre tête de Turc…

Il la rattrapa par un bras, la ramena brutalement contre lui.

— Ah ! non… poupée ! N'espère pas t'en tirer comme ça.

— Lâche-moi, tu me fais mal !

Il la gifla.

— Ce n'est pas fini, ça ne fait que commencer. Je suppose que tu savais ce qui t'attendait si le coup ratait, hein ?

— Lâche-moi, ou j'appelle au secours.

— Gueule si tu veux.

Ils étaient assez loin de l'hôtel. Le train s'ébranlait, venant vers le pont, créant un vacarme qui s'amplifiait rapidement. Hubert dut crier pour se faire entendre :

— Tu as vingt secondes pour accoucher, ou je te jette sous le train.

Il la fit pivoter et lui serra les poignets dans le dos avec une seule de ses mains. Elle ne pesait pas plus lourd qu'une marionnette. Il la souleva au-dessus du parapet et la fit basculer au-dessus de la voie, de telle façon qu'elle se trouvât suspendue au bout de son bras et qu'elle eût nettement conscience qu'il lui suffirait d'ouvrir la main pour la laisser tomber…

Elle claquait des dents et le suppliait.

— Parle et c'est fini. Pour qui travailles-tu ?

— Pour personne.

Le train se rapprochait, prenant de la vitesse. L'énorme machine crachait maintenant des torrents de fumée noire et un halo rouge la suivait dans lequel se démenaient les ombres des chauffeurs.

La jeune femme se mit à hurler.

— Non ! Non ! Je ne veux pas ! Je ne veux pas !

Trente mètres, vingt mètres.

— Au secours !

— Parle !

Dix mètres. Il la lâcha, rabattit brusquement son bras autour des jambes qui filaient et bloqua les chevilles. La locomotive passa sous le pont, ils furent enveloppés de fumée, puis le train entier défila interminablement, dans un grondement de tonnerre...

Il l'avait ramenée du bon côté du garde-fou contre lequel il la maintenait serrée. Elle tremblait convulsivement et des sanglots secs la secouaient avec violence toutes les quatre ou cinq secondes. Le train s'éloignait, le vacarme s'estompait en même temps que le feu rouge du wagon de queue allait se rétrécissant...

Trois minutes s'écoulèrent. Le train disparut complètement dans la courbe qui remontait vers le nord-ouest, en direction de Jamrud. Le silence était revenu, un silence écrasant...

Elle tremblait toujours, mais ne sanglotait plus. Elle n'était plus qu'une loque. Pendant une demi-seconde, qui avait dû lui paraître longue, elle avait cru, vraiment cru, qu'il l'avait définitivement lâchée et qu'elle allait s'écraser sous les roues de la locomotive...

— Qui t'a demandé de me suivre, au départ de Karachi ?

Elle avala péniblement sa salive, puis répondit très bas, d'une voix sans timbre :

— Wladimir...

— Orekhov ?

— Oui.

Ce n'était pas une surprise. Il y avait pensé au cours de la soirée.

— Pour qui travaille-t-il ?

— Intelligence Service.

Hubert prit le temps de digérer l'information. Elle essaya soudain de se dégager. Il resserra son étreinte, puis comprit ce qu'elle voulait faire et la laissa se retourner au-dessus du parapet.

Il lui soutint la tête pendant qu'elle vomissait.

*

Elle dormait dans la chambre voisine, épuisée par l'émotion. Installé dans un des vieux fauteuils « crapauds », assez inconfortable, Hubert se chauffait les pieds au feu de bois qui se mourait lentement dans la petite cheminée de briques et de faïence.

Il l'avait ramenée à l'hôtel après qu'elle eût vomi. Sur sa demande, le garçon de service leur avait apporté du thé et avait remis quelques bûches dans le foyer. Puis, un peu revigorée, mais définitivement vaincue, Françoise Didier avait parlé…

Wladimir Orekhov l'avait recrutée pour le compte de l'IS un an plus tôt, environ. Elle avait accepté, par goût de l'aventure, sans bien se rendre compte de ce qui l'attendait, et aussi parce que l'emploi comportait un supplément mensuel de trente livres sterling sur son cachet de danseuse.

On ne lui avait confié que trois missions en un an, sans compter celle qui l'avait amenée là. Toujours la même chose : sorties avec des personnalités étrangères, politiques ou militaires, auxquelles il fallait essayer de tirer les vers du nez sur des sujets bien précis. Elle avait eu peu de résultats, mais ses échecs ne semblaient pas avoir grande importance pour Orekhov…

En ce qui concernait Hubert, elle affirmait que cela s'était passé de la façon suivante : elle avait montré à son patron le billet que le maître d'hôtel du Beach

Luxury lui avait transmis. Orekhov avait dit que c'était vraiment une coïncidence extraordinaire et qu'il fallait saisir l'occasion par les cheveux. Il lui avait affirmé que Mary Mac Bean n'avait pas de neveu et ordonné de fixer rendez-vous chez elle à celui qui se faisait passer pour tel. Tout avait été réglé d'avance, y compris l'intervention d'Orekhov la mettant à la porte, avec mission pour elle de se débrouiller pour lancer le pseudo-Horace Mac Bean vers le nord…

L'histoire du paquet expédié poste restante à Lahore était fausse, mais ce n'était pas elle qui avait téléphoné pour lui proposer cette entrevue dans la Grande Mosquée. Pendant qu'il s'y trouvait, elle avait reçu une communication téléphonique lui enjoignant de rejoindre Karachi immédiatement par le train…

Mais il l'avait retrouvée, et elle avait bien vite décidé de désobéir, remettant à plus tard de trouver une excuse valable pour Orekhov…

Elle n'avait plus eu aucune nouvelle de celui-ci depuis lors. Pourquoi avait-elle « reconnu » le cadavre de la fausse Mary Mac Bean ? Pour deux raisons. La première : il avait eu tout le temps de dénoncer la substitution avant que le policier ne leur posât la question essentielle ; il ne l'avait pas fait et ce n'était pas à elle de créer un incident. La seconde : ELLE SAVAIT QUE LA VÉRITABLE MRS MARY MAC BEAN ÉTAIT, COMME ELLE, UN AGENT DE L'IS, SOUS LES ORDRES DE WLADIMIR OREKHOV…

Hubert croyait qu'elle lui avait dit la vérité. Il l'avait également crue lorsqu'elle lui avait affirmé ne pas en savoir plus. Pour un agent subalterne, elle était déjà remarquablement informée…

Il était donc à peu près établi maintenant que les Anglais avaient eux-mêmes monté toute l'histoire, mais ils ne l'avaient sûrement pas fait dans le simple but de s'amuser. Il y avait eu des morts, pas mal de morts, qui n'appartenaient peut-être pas tous au « Centre », bien que Françoise prétendît ne connaître ni le petit curieux du Beach Luxury, qu'elle n'avait d'ailleurs pas vu, ni l'ingénieur allemand…

Ce n'était pas un problème facile à résoudre, mais il en trouverait la solution, avec l'aide de la jeune femme qui était prête, maintenant, à travailler pour lui.

Il allait se lever pour se dégourdir les jambes, lorsqu'un bruit insolite le fit interrompre le mouvement à peine amorcé : quelqu'un tripotait la grosse chaîne qui, munie d'un cadenas, servait à fermer la porte à l'extérieur. C'était un système archaïque, peu pratique, mais les bungalows du Dean's n'avaient pas été refaits depuis longtemps et la direction conservait sans doute ces chaînes pour le pittoresque…

Il se mit debout, souple et silencieux, pivota sur ses talons et fit face à la porte. Il n'était toujours pas armé et ne cherchait pas à l'être ; il avait trop attiré sur lui l'attention de la police pakistanaise pour prendre un pareil risque.

Le bruit cessa. Il y eut quelques secondes de silence, pendant lesquelles Hubert entendit Françoise se retourner en gémissant dans son lit.

Un oiseau lança un trille joyeux. Des pas légers s'éloignèrent. C'était fini. Hubert se détendit. Il alluma toutes les lumières du salon, vérifia toutes les fermetures, puis décida de se coucher.

*

On venait de leur apporter le « premier thé ». Hubert avait dit au garçon de laisser là celui de sa voisine, qu'il se chargeait d'aller lui-même réveiller. Le Pakistanais avait eu un sourire ironique, que quelques pièces blanches d'une roupie avaient transformé en sourire à la fois complice et reconnaissant.

Hubert fit lui-même le service, puis recouvrit la théière avec la chancelière de laine tricotée destinée à conserver la chaleur. Il prit une tasse pleine, et l'assiette de petits gâteaux, puis regagna la chambre :

— Au jus, là-dedans !

Françoise se redressa dans le lit et remonta le drap sur sa poitrine. Son visage était pâle et ses yeux cernés de fatigue.

— Tu n'as pas bonne mine, remarqua Hubert.

Elle prit la tasse et les gâteaux.

— Je dois être affreuse, ne me regarde pas.

On frappait à l'extérieur.

— Excuse-moi…

Il ferma derrière lui la porte de la chambre et alla ouvrir. Un vieil homme, gras et puant, se dandinait sur le seuil. Un rayon de soleil matinal éclairait sa figure de bronze, ridée, rongée de barbe blanche. Ses yeux rusés étaient extraordinairement clairs, ce qui permettait de supposer que sa grand-mère, ou son arrière-grand-mère, avait eu des faiblesses pour un « *tommy* ».

— Je n'ai besoin de rien, dit Hubert qui croyait avoir affaire à un de ces marchands ambulants qui n'hésitent pas à chasser le touriste jusque dans son antre.

— Je sais, répliqua le bonhomme en joignant les mains pour un salut traditionnel. C'est moi qui viens acheter…

Hubert fronça les sourcils.

— Acheter ? Je n'ai rien à vendre…

Le bonhomme sourit, d'un air entendu.

— Si, toutes les affaires de votre malheureuse tante.

Hubert fut un instant pris de court. Il n'avait pas pensé à cela. Mais, après tout, que pouvait-il faire de cet héritage, sinon le vendre ? On ne pourrait guère lui reprocher que sa hâte…

— Vous ne perdez pas de temps, répliqua-t-il. Elle n'est même pas encore enterrée.

— Je le sais bien, sahib. Mais, si j'attends, un autre être plus rapide et moi manquer affaire…

— Très juste. Mais reviens dans une demi-heure. Tu vois bien que je ne suis pas encore habillé.

— Je suis pressé, sahib. Il faut que j'aille ouvrir ma boutique. Aie pitié de moi.

Hubert hésita un peu, puis capitula.

— Entre.

Les valises de la fausse Mrs Mary Mac Bean étaient empilées dans un coin du salon. Hubert s'en approcha :

— Il faut défaire tout ça…

— Non, objecta l'autre. Vous avoir inventaire établi par police. Moi calculer prix sur inventaire…

Hubert se retourna et le regarda.

— Pas bête, admit-il. Tu en connais, des trucs.

Il alla chercher l'inventaire dans son portefeuille et le tendit au marchand.

— L'argent liquide n'est pas à vendre, précisa-t-il avec un sourire.

Le bonhomme fit un signe de tête pour exprimer son accord. Hubert l'observait. Une idée venait de germer dans son esprit. Il n'avait pas été le seul à prendre la fausse Mrs Mac Bean pour la vraie ; beaucoup de faits tendaient à le prouver. Les autres, n'ayant pas bénéficié des mêmes éléments d'information, pouvaient encore y croire. Et il n'était pas impossible qu'ils aient délégué cet étonnant personnage pour acquérir la totalité des bagages de la défunte, dans l'espoir d'y découvrir ce qu'elle devait leur céder au rendez-vous de la Khyber Pass.

Cette hypothèse l'amusa. Il avait soigneusement fouillé ces bagages et, après les aveux de Françoise Didier, il savait que les documents recherchés ne pouvaient s'y trouver.

— Deux cents roupies, proposa le Pakistanais.

Hubert haussa les épaules.

— Si vous n'avez pas les moyens, répliqua-t-il, laissez tomber. Ça vaut vingt fois plus.

— Ça vaut peut-être vingt fois plus, geignit le marchand, mais quand c'est neuf. Là, c'est occasion. Moi revendre à des gens pauvres.

— N'en parlons plus, je trouverai quelqu'un d'autre. Au revoir, mon vieux.

Il reprit l'inventaire des mains sales de son visiteur et alla rouvrir la porte.

— Trois cents roupies.

— Je n'aime pas perdre mon temps. Allez, bonjour chez toi.

Le bonhomme joignit les mains :

— Vous, faire un prix ?

— Quatre mille roupies...

— Folie...

— Moins quarante pour cent de dépréciation... Deux mille quatre cents roupies.

Le vieux feignit de s'arracher les cheveux.

— Impossible ! Tenez : je vous donne cinq cents roupies, mais c'est folie. C'est folie !

— Rien à faire. Laisse-moi tranquille, il faut que je m'habille.

Le marchand parut s'abîmer dans une profonde méditation. Hubert crut qu'il allait se mettre à pleurer.

— Mille roupies ? proposa-t-il avec un sourire tentateur.

— Non, répondit Hubert d'un ton sans réplique.

— Vous trop gourmand, moi partir.

Il passa devant Hubert qui pensa s'être trompé. Mais à peine avait-il fait vingt mètres qu'il s'arrêta, revint lentement sur ses pas. Hubert n'avait pas bougé. Le bonhomme rentra, fouilla dans le tas de chiffons qui lui servait de vêtements et se mit à compter sur la table deux mille quatre cents roupies…

Hubert retint son souffle. Il était maintenant fixé, car tout le lot, même neuf, était loin de valoir un pareil prix et le vieux renard ne pouvait l'ignorer…

9

Ils étaient à Lahore, dans une de ces vastes tentes de l'armée qui servaient de salles d'attente pendant la construction des nouveaux bâtiments de l'aéroport. Installée dans le fauteuil qui touchait celui d'Hubert, Françoise Didier s'était endormie. Elle n'était pas encore remise de ses émotions et se posait évidemment des questions au sujet de ce qui l'attendait à Karachi.

Très détendu, Hubert observait les autres voyageurs. Ils étaient une cinquantaine, hommes d'affaires occidentaux, Chinois, familles pakistanaises, avec des femmes emprisonnées sous leurs « burqas ». La nuit étant tombée, des lampes nues éclairaient la scène d'une lumière crue, assez désagréable.

Ils étaient partis de Peshawar à 14 h 30, après le déjeuner, sur un des vieux DC3 qui faisaient la ligne jusqu'à Lahore, avec une escale à Rawalpindi. Ils étaient arrivés dans cette dernière ville à cinq heures un quart, pour s'entendre annoncer que le Convair à destination de Karachi ne serait pas prêt avant une heure ou deux ; ce qui, les Orientaux ayant une notion du temps fort relative, pouvait aussi bien signifier un jour ou deux...

Un serveur de la compagnie repassait pour la troisième fois avec un plateau chargé de tasses et de thé chaud. Hubert le remercia d'un signe de tête accompagné d'un sourire. Ce fut aussitôt après qu'il sentit le poids d'un regard fixé sur lui…

Il tourna lentement la tête vers l'entrée de la tente et cessa un court instant de respirer. Ces yeux-là, il les avait déjà vus et n'était pas prêt à les oublier. Des yeux aussi clairs, dans un visage aussi noir, cela ne se rencontrait pas souvent…

L'homme avait changé de tenue. Il n'était plus vêtu de loques comme à Peshawar, mais habillé à l'occidentale, d'un costume de toile léger fort bien coupé, sur une chemise blanche au col ouvert. Il était rasé de près et sans doute ne sentait-il même plus mauvais…

Hubert s'attendait qu'il disparût rapidement en se voyant découvert ; mais il n'en fut rien. Le faux marchand continuait de le fixer et Hubert eut l'impression qu'il désirait lui parler…

Il se leva sans hâte. Françoise ne bougea pas, elle dormait toujours. Entre deux rangs de fauteuils, Hubert marcha vers la porte, prenant garde à ne pas écraser les pieds qui traînaient au milieu de l'allée…

Il n'était plus qu'à deux mètres lorsque l'homme disparut. Hubert continua, croyant le retrouver un peu en retrait, mais il fouilla vainement l'obscurité du regard aux abords immédiats de la tente…

Un groupe important de personnes discutait à vingt pas de là, sous l'éclairage diffus d'une lampe accrochée à un mât. On entendait au loin tourner des moteurs d'avion. Une automobile démarra sur la route voisine. Un haut-parleur se mit à crachoter, puis annonça que les voyageurs pour Karachi allaient être incessamment appelés pour le départ. Tout près d'Hubert, quelqu'un éclata de rire et dit en anglais que le départ étant imminent, ils avaient bien le temps de descendre en ville s'envoyer un scotch au bar du Faleti's.

Hubert écrasa d'une tape un moustique trop familier, puis décida de faire le tour de la tente.

L'homme était à l'autre bout, fumant un cigare. Hubert s'immobilisa à bonne distance, après s'être assuré que l'ombre environnante ne cachait aucune surprise désagréable.

— Hello ! fit-il. Les affaires ont l'air de bien marcher, hein ?

L'autre souffla un joli rond de fumée, puis répliqua sans regarder Hubert :

— Pas mal, merci. Assez bien même pour que je puisse vous offrir cinquante mille dollars en échange de quoi vous savez...

Hubert siffla doucement.

— Cinquante mille dollars, c'est une jolie somme. Mais encore faudrait-il que vous me disiez en échange de quoi, car je ne vois vraiment pas ce...

— Inutile de vous fatiguer. Je vous contacterai de nouveau demain matin à Karachi pour avoir votre réponse. Réfléchissez, mais n'oubliez pas que nous n'aimons pas prendre de risques et qu'un refus pourrait être lourd de conséquences pour vous...

— Vous vous exprimez bougrement mieux que ce matin, mais...

— Bonne nuit, monsieur Mac Bean. On dit que la nuit porte conseil. Cinquante mille dollars. Pensez-y...

L'homme tourna les talons et disparut au coin de la tente. Hubert n'essaya pas de le suivre. À quoi bon ? Il était parfaitement impossible de tenter une action quelconque en cet endroit et il était assuré qu'un nouveau contact serait établi le lendemain matin...

Pensif, il revint sur ses pas. L'affaire prenait de nouveau une tournure intéressante.

*

Il était bien près de minuit lorsque le Convair se posa enfin à Karachi. Hubert et Françoise attendirent avec les autres passagers la délivrance de leurs bagages qu'ils confièrent à des porteurs.

Ils venaient de déboucher dans un hall circulaire proche de la sortie quand Hubert aperçut Cecilio de Coïmbra qui paraissait l'attendre.

Hubert continua jusqu'au taxi, installa Françoise et dit, pendant que le chauffeur fixait les valises :

— Je reviens tout de suite. Je vais acheter les journaux...

Il fila rapidement pour éviter une demande d'explications. Coïmbra n'était plus à l'endroit où il l'avait vu. Il le retrouva un peu plus loin, près d'un kiosque.

Manœuvres habituelles afin de s'assurer qu'ils n'étaient pas surveillés. Ils s'abordèrent.

— Je vous attendais, dit Coïmbra. Mon correspondant à Peshawar m'a informé de ce qui s'est passé là-bas et que vous aviez repris l'avion cet après-midi. D'autre part, j'ai reçu un message de « Primo » à votre intention.

« Primo », c'était ainsi que l'on appelait dans le service le grand patron.

— Je vous écoute.

— Ils vous préviennent que les Russes disposent eux-mêmes d'un revêtement antiradar très efficace. Pendant les dernières manœuvres de la 6e flotte en Méditerranée, des sous-marins ont fait surface près du bateau amiral et l'ont accompagné un moment sans que nos détecteurs les aient repérés[1]. « Primo » pense donc que cette affaire cache un piège quelconque. Les Russes doivent se foutre pas mal du truc anglais…

Impassible, Hubert questionna :

— C'est tout ?

— C'est tout.

— Bon. Vous m'avez retenu une piaule quelque part ? Puisque vous saviez que j'arrivais…

Coïmbra sourit.

— Au Palace. Il n'y avait plus rien au Metropole.

— Le Beach Luxury m'aurait mieux convenu.

— Je ne pouvais pas le savoir.

— Vous connaissez la fille qui m'accompagne ?

— C'est une Bing Bell Girl ?

— Oui.

— Méfiez-vous. On soupçonne Orekhov de travailler pour un SR.

Coïmbra le regardait avec étonnement, surpris par le ton de la réponse. Hubert prit brusquement congé.

— Bonne nuit, mon vieux. Il faut que je file. Vous savez où me retrouver…

Il rejoignit le taxi. Françoise s'impatientait.

— Où étais-tu ?

— Au Palace ! lança-t-il à l'intention du chauffeur qui démarra aussitôt.

---

1. Vrai.

10

Le commissaire Abdul Azis Sharif était dans le hall du Palace, négligemment adossé au comptoir vide de la BOAC. Hubert l'aperçut et n'eut pas besoin de feindre la surprise. Il lui fit un signe de la main. Puis, comme il préférait toujours l'attaque à la défense, il parcourut le chemin qui les séparait.

— Hello, commissaire. Vous partez en voyage ?

Le policier pivota d'un quart de tour et caressa d'un doigt négligent la queue d'une maquette de *Britannia.*

— On m'a dit que votre tante était morte, monsieur Mac Bean, et que vous l'aviez enterrée ce matin à Peshawar...

— Les nouvelles vont vite.

— Oui. Allah soit loué. On m'a dit aussi qu'un ingénieur allemand qui se rendait en Afghanistan et qui avait pris place dans la même voiture que vous était mort sur la route stratégique, victime d'un accident stupide...

Hubert opina, l'air triste.

— Vraiment stupide, monsieur le commissaire. Nous nous étions arrêtés pour baisser la capote, peut-être un peu trop près du ravin, et ce malheureux...

— Je sais. On m'a lu le rapport d'enquête… Au téléphone.

Le policier tira une cigarette de sa poche, une seule, l'alluma, souffla quelques ronds de fumée, pas très ronds, puis enchaîna en regardant le plafond :

— Connaissez-vous un certain Izgeim ?

Hubert fronça les sourcils.

— Comment dites-vous ?

— Izgeim… I, Z, G, E, I, M.

— Non. Jamais entendu parler.

— On l'a retrouvé mort sous les murs du Beach Luxury. Il était tombé d'une fenêtre.

— Oh ! le pauvre homme. Comment est-ce arrivé ?

Le commissaire éloigna la cigarette de sa bouche, en fit tomber la cendre, parut s'absorber un instant dans la contemplation du bout incandescent.

— Nous aimerions beaucoup le savoir, dit-il enfin.

Hubert haussa les sourcils.

— Avez-vous pensé que je pouvais vous renseigner ?

— On m'a dit qu'il vous avait parlé, ici, le soir de sa mort.

Hubert feignit de réfléchir.

— Ici ? Je ne vois pas… Comment était-il fabriqué ?

Le commissaire lui fit une bonne description de l'homme au micro Hubert décida de se souvenir.

— Ah ! Oui, bien sûr. Il avait vu la photo de ma tante que je montrais au concierge, ici, et il m'avait dit que ma tante dînait au Beach Luxury, l'avant-veille…

— En compagnie d'un jeune Anglais et qu'elle avait pris le café avec…

Il regarda en direction du bureau devant lequel attendait Françoise Didier.

— … une Bing Bell Girl.

— C'est ça. Mais je n'ai jamais revu ce monsieur. Je suis vraiment navré d'apprendre sa mort, mais je ne puis vraiment vous être d'aucun secours. Si vous voulez bien m'excuser…

— Mais je vous en prie, monsieur Mac Bean. Vous êtes libre… Bonne nuit et à bientôt.

— À bientôt, commissaire.

Ils marchèrent de concert jusqu'à la porte. Le policier sortit. Hubert rejoignit Françoise.

— Tout est prêt. Nous n'attendons plus que toi.

Les bagages étaient déjà montés. Un garçon vêtu de blanc et d'or les conduisit dehors. Ils passèrent sous les fenêtres du Gourmet, la boîte de nuit « maison », d'où s'échappait une musique douce.

— Où est-ce qu'il nous emmène ?

— Dans une annexe. Il ne restait plus rien ailleurs.

Ils atteignirent un petit bâtiment séparé du bloc de l'hôtel par un étroit passage. Une vieille voiture était rangée dans l'obscurité. Le hall était plutôt sordide, avec un téléphone et son annuaire installés dans un coin. Escalier de bois grinçant. Palier rectangulaire, avec deux fenêtres sur le jardin. Le garçon ouvrit une porte vitrée.

— Par ici.

La chambre était vaste, mais sans aération, meublée de deux lits de camp, d'une armoire et d'une table. La jeune femme se boucha le nez.

— Oui, approuva Hubert, ça cocotte drôlement.

Il alla voir la salle de bains, assez complète, mais qui ressemblait plutôt à une buanderie. L'écoulement des eaux du lavabo se faisait en chute libre, sans tuyauterie, dans une rigole de ciment inclinée vers l'extérieur et qui se terminait par un simple trou dans le mur. Hubert revint vers le garçon qui avait posé les valises et qui maintenant préparait les lits.

— Arrête, mon vieux. Nous n'avons pas du tout l'intention de coucher dans un pareil taudis…

Le Pakistanais eut un geste d'impuissance, puis rajusta son turban de mousseline dorée en essayant d'expliquer qu'il n'y avait rien de mieux, que tout était loué, absolument tout.

— Laisse tomber, conseilla la jeune femme. Je suis tellement claquée que je dormirais sur un tas de fumier. Et c'est tout de même mieux qu'un tas de fumier…

Hubert capitula. Il donna deux roupies au garçon qui le remercia par une série de courbettes. Françoise se mit à tripoter les boutons d'un appareil radio fixé au mur, près de l'armoire. Hubert ferma la porte.

— Je te croyais morte.

Elle eut un geste plein de résignation.

— Je suppose qu'il n'est pas question de dormir ?

— Non. Nous allons voir Wladimir…

— Je m'en doutais. Et je suppose que rien ne pourra te faire changer d'avis ?

— Rien.

— Tu iras sans moi.

— Non, et dans ton propre intérêt. Si tu ne viens pas, tu auras l'air d'avoir trahi. Alors qu'autrement tu pourras expliquer que tu crois avoir agi au mieux selon les circonstances. Après tout, les Anglais et les Américains sont des alliés…

— Tu dis travailler pour les Américains, mais personne n'est obligé de te croire.

— Personne n'est obligé de te croire non plus quand tu racontes qu'Orekhov est un agent de l'IS…

Elle haussa les épaules.

— Fais donc comme tu voudras. Après tout, cela m'est bien égal. D'une façon ou d'une autre, j'y laisserai ma peau, je le sais bien. Ça m'apprendra à vouloir jouer les Mata Hari…

Elle essaya de rire, mais n'y put parvenir. Il la prit dans ses bras.

— Ne sois pas pessimiste. Je t'aiderai à t'en sortir…

— Pfut ! Hier soir tu allais me jeter sous un train…

— Simple plaisanterie, répliqua-t-il d'un ton léger. Je voulais voir ce que tu avais dans le ventre…

— Assez, gronda-t-elle. Ça fait image…

— Allez, prépare-toi.

— Je veux bien aller avec toi, mais à deux conditions. La première : je prends d'abord une douche. La seconde : tu m'offres un whisky au Gourmet en descendant.

— Tu crois que Wladimir nous attendra ? Il est déjà très tard.

— Wladimir ne se couche jamais avant 2 heures du matin. On le trouvera au bar du Beach.

Il prit aussi une douche et changea de linge. Déjà revigorés, ils descendirent, burent un whisky au Gourmet dont l'ambiance était assez mortelle, puis sortirent des limites de l'hôtel et trouvèrent un taxi de l'autre côté de la rue.

*

Wladimir Orekhov ressemblait à Yul Brynner, avec un monocle et trente ans de plus, sans parler d'un « foorrmidaaable » accent russe.

Il était assis au bar, solitaire, et buvait de la vodka-orange. Hubert eut l'impression qu'il était un peu ivre.

Françoise lui toucha le bras et prononça timidement :

— Bonsoir, patron.

Il sursauta, tourna la tête, la regarda sans rien dire, puis regarda Hubert.

— Je vous attendais, assura-t-il. Vous prenez quelque chose ?

Hubert pensa que cela devenait agaçant. Coïmbra, le commissaire, puis celui-ci... Tout le monde les attendait.

— Je propose de trouver un endroit plus tranquille. Nous avons à parler sérieusement...

— Je sais. Mais ce n'est pas avec moi que vous en parlerez...

Il dit au barman de mettre ses consommations sur son compte, descendit du tabouret qui le supportait, se glissa entre Hubert et Françoise, les prit par le bras, les entraîna vers le hall.

— Toi, dit-il à la jeune femme, tu vas rester ici bien sagement. Ta chambre t'est toujours réservée. Mr Mac Bean et moi allons faire un petit tour en banlieue...

*

Malgré son âge, Wladimir Orekhov conduisait l'Austin-Healey avec une maîtrise tout à fait remarquable.

— Vous êtes filé, avait-il annoncé à Hubert, mais nous allons les semer.

Hubert avait proposé de prendre le volant, mais le vieux maître de ballet avait refusé. La course folle avait duré vingt minutes, agrémentée de nombreux changements de direction, de retours en arrière, de passages dans des sens interdits, de pointes de vitesse sur de longues lignes droites où l'aiguille du compteur avait allégrement dépassé le chiffre les 100 miles/h[1].

Maintenant, c'était fini. Tous feux éteints, la puissante voiture de sport était entrée dans un jardin planté de palmiers. Un dernier rugissement du moteur et ce fut le silence. Un peu abasourdi, Hubert s'extirpa du baquet inconfortable, déploya ses longues jambes. Il se demandait si Orekhov avait vraiment fait cette gymnastique pour semer d'éventuels suiveurs, ou bien, plus simplement, pour l'empêcher, lui, de se reconnaître. Car il aurait été bien incapable, après tous ces détours et malgré son sens inné de l'orientation, de situer même approximativement l'endroit où ils étaient arrivés.

La maison était blanche, moderne, avec des volets clos, sans aucune lumière.

– Suivez-moi, monsieur Mac Bean.

Hubert obéit, non sans quelques précautions. Car il ne possédait aucune certitude en ce qui concernait son guide et pensait qu'une surprise désagréable était toujours possible. Ils montèrent un escalier extérieur de béton. Orekhov tira une clé de sa poche et ouvrit une porte. Une lampe s'alluma, éclairant un vestibule vide.

– Par ici, monsieur Mac Bean.

Ils se trouvèrent dans une grande pièce vide, aux murs de plâtre nu, bordée d'un côté par de grandes baies fermées par des volets roulants.

– La maison n'est pas encore finie, dit Orekhov. Le propriétaire ne sait pas que nous avons les clés. En tout cas, nous serons tranquilles…

---

1. 160 km/h.

La pièce était simplement éclairée par la lumière du vestibule pénétrant par la porte restée ouverte, c'est-à-dire qu'il y régnait une quasi-obscurité.

— Il n'y a pas d'ampoule ici, expliqua le Russe.

Hubert s'amusait de son accent. Il avait été plusieurs fois en Russie et avait entendu des Russes parler anglais ou français, toujours sans accent. Il était bien obligé de croire que le fameux accent russe était une invention des émigrés, à usage exclusif de l'étranger.

— Bonsoir, lança une voix derrière eux. Nous nous excusons de vous recevoir dans de pareilles conditions. Mais certains impératifs de sécurité nous y obligent...

Hubert se retourna. Deux hommes venaient d'entrer du côté opposé, et se tenaient immobiles, là où l'obscurité était la plus dense. Ils étaient grands et raides. Des Anglais, sûrement.

— Très heureux, dit Hubert.

— Mr Mac Bean, reprit le même, nous savons parfaitement que ce n'est pas votre vrai nom, mais nous continuerons de l'employer à défaut d'un autre... Mr Mac Bean, nous tenons tout d'abord à vous assurer de notre estime et même de notre admiration. Nous pensions pouvoir vous leurrer plus longtemps...

— J'ai bien marché, répliqua gentiment Hubert, vous pouvez être satisfait. J'aimerais seulement que vous m'expliquiez la raison de cette comédie...

L'Anglais toussota dans son poing fermé.

— Des raisons, ou plus exactement des buts, nous en avions deux. Le premier est atteint, du moins le croyons-nous. Le second ne le sera pas, par votre faute, mais nous aurions mauvaise grâce à vous en tenir rigueur...

— Je n'y comprends que goutte.

— Vous allez comprendre...

Orekhov alluma une cigarette. La faible lueur de l'allumette ne suffit pas à éclairer les visages des deux autres.

— Vous connaissez la loi Mac Mahon[1], monsieur Mac Bean ?

— Bien sûr.

— Vous savez que notre gouvernement a demandé au vôtre, à plusieurs reprises, son abrogation, ou tout au moins son amendement...

— Je sais. On prévoit d'ailleurs qu'elle sera prochainement amendée... en votre faveur.

— Ce n'est pas certain. En tout cas, le vote de cet amendement n'interviendra pas avant l'été prochain et personne ne peut préjuger de la décision finale du Congrès. C'est pourquoi notre gouvernement a jugé bon de créer un incident particulièrement symptomatique, afin de mettre les membres du Congrès des États-Unis en face de leurs responsabilités...

— Je crains qu'on ne trouve cette intervention déplacée...

— Cela nous est égal. Nous n'en sommes plus à ménager les susceptibilités, alors que les événements nous gagnent tous de vitesse et que les savants russes sont en train d'établir solidement leur suprématie. Lorsque vos responsables militaires nous ont demandé de leur livrer le secret de notre revêtement antiradar, qu'ils appellent le « manteau d'invisibilité », nous avons refusé en précisant que ce serait maintenant « donnant

1. Cette loi, votée par le Congrès des États-Unis, interdit les échanges d'informations sur les armes nucléaires ainsi que les livraisons d'engins atomiques et de matières fissibles. Elle est valable pour tous les pays, y compris pour les alliés des États-Unis.

donnant ». La confiance et la collaboration ne peuvent être à sens unique…

L'Anglais fit une pause. Hubert commençait à entrevoir où il allait en venir.

— Et nous voici dans cette situation étonnante : nos alliés américains envoyant un de leurs agents pour s'emparer d'un secret militaire…

— Qui vous avait échappé.

— La nuance est discutable. En tout cas, nous vous avons pris la main dans le sac, et cette regrettable affaire nous autorise parfaitement à faire de même…

— Vous voulez dire que…

— Eh oui, il faut que les membres de votre Congrès sachent bien que s'ils ne votent pas l'amendement nous emploierons des procédés analogues. Nous enverrons des espions, nous aussi, pour surprendre les secrets qu'on nous refuse. Et vous ne pourrez rien dire, car vous aurez créé vous-même le précédent…

— Sur provocation.

— Peut-être. Mais cela n'y change rien.

— Comment pourrez-vous le prouver ?

Un bref silence. Orekhov se gifla, probablement pour écraser un moustique. Sa cigarette tomba. Il se baissa pour la ramasser.

— Mr Mac Bean, vous êtes en notre pouvoir…

— Nous y voilà…

— Ne vous y trompez pas. Nous ne nous chargerions pas nous-mêmes de la besogne. Nous pouvons vous livrer à la justice pakistanaise. Il y a le choix pour les inculpations…

— Charmant !

— Inutile de vous indigner. Vous savez parfaitement que dans notre métier tous les coups sont permis.

— Je sais. C'est d'ailleurs ce qui en fait tout le charme.

— Voici donc ce que nous vous proposons, reprit l'Anglais… Vous nous faites une déposition complète, authentifiée, sur le rôle que vous avez joué dans cette affaire, et vous serez libre ensuite…

— Que voulez-vous faire de cette déposition ?

— Elle servira de support à un article d'information qui sera publié dans les jours à venir par différents journaux des pays voisins, des journaux de langue anglaise, bien entendu…

Hubert fit une grimace. Cela signifiait la fin de sa carrière et il n'avait encore aucune envie de prendre sa retraite, surtout pas de cette façon.

— Et, si je refuse, vous me livrez à la police.

— Vous avez parfaitement compris.

— Eh bien, je refuse.

Ils parurent surpris.

— Réfléchissez bien. Vous risquez la corde.

Il le savait. Le commissaire Abdul Azis Sharif était à l'affût, qui n'attendait qu'une occasion… Mais il pouvait toujours espérer s'échapper des griffes policières. Alors que s'il donnait satisfaction aux Anglais, ce serait fini pour lui.

— Je n'aurais jamais pensé que des alliés puissent se conduire comme ça, dit-il avec hypocrisie.

Il venait de penser que rien ne l'empêchait de tenter une évasion dès maintenant, alors que le rapport des forces n'était que de trois à un et qu'aucun barreau ne le séparait de l'air libre…

Aussitôt pensé, aussitôt fait. Avec lui, c'était toujours ainsi. La marge ne pouvait être plus étroite, qui séparait l'idée de l'action.

Le bruit d'une voiture qui s'arrêtait à proximité l'aida puissamment. Les trois autres avaient tendu l'oreille, retenant leur souffle. Hubert attrapa le poignet d'Orekhov, lui retourna vivement le bras dans le dos pour l'immobiliser, puis se plaça derrière lui, l'utilisant comme bouclier…

— Ne bougez pas ! ordonna-t-il aux autres. Sinon, je lui casse l'échine…

Sa main gauche avait rapidement palpé les poches du maître de ballet, dans l'espoir d'y découvrir une arme. Espoir déçu. Il recula dans le cadre de la porte du vestibule. Les autres foncèrent. D'un coup sec, Hubert assomma Orekhov, puis le souleva et le projeta dans les jambes de ses adversaires.

Il se retourna aussitôt vers la porte. Mais celle-ci venait de s'ouvrir. Un homme était là, tenant braqué un lourd automatique.

— Bravo ! apprécia-t-il avec un large sourire.

Le vestibule était bien éclairé et, de toute façon, le bonhomme aux yeux trop clairs avait la même apparence qu'à Lahore. Hubert entendit les deux Anglais arriver en courant dans son dos, mais ne s'en préoccupa d'aucune façon.

— Haut les mains ! cria le nouveau venu à leur intention.

Ils durent obéir. Le bonhomme n'était pas seul. Une silhouette bougeait dehors, sur le palier.

— Faites demi-tour et retournez dans la pièce d'où vous venez. Et attention. Je suis capable de tirer très vite…

Hubert obéit. Les deux Anglais pivotèrent en même temps que lui et il ne put encore voir leurs visages. Ils revinrent sur leurs pas, en file indienne.

— Jusqu'au mur, de l'autre côté.

Ils y allèrent. La pièce s'éclaira. La voix du nouveau venu se fit de nouveau entendre, un ton plus bas, dans une langue que Hubert ne comprenait pas.

— Eh bien, dit un des Anglais avec une pointe d'humour, nous voici d'accord, non ?

Hubert ne répondit pas. Il réfléchissait aux moyens d'exploiter au mieux de ses intérêts la situation nouvelle. Lentement, il tourna la tête et vit un Eurasien[1] vêtu de blanc occupé à fouiller les poches d'Orekhov.

— Je l'ai déjà palpé, indiqua-t-il, il n'est pas armé.

L'Eurasien le regarda, puis regarda l'homme aux yeux pâles.

— Attache-le, ordonna celui-ci.

Ce fut vite fait. Vint ensuite le tour des deux Anglais, dont Hubert connaissait maintenant la physionomie. Ficelés, les trois Britanniques furent réunis dans un coin de la pièce. L'homme aux yeux pâles marcha vers Hubert.

— Il semble que je suis arrivé à temps pour vous tirer des griffes de ces gentlemen ? ironisa-t-il.

— Je ne sais pas encore si je dois m'en réjouir, répliqua Hubert.

— Vous pouvez. Je n'ai pas l'intention de vous tuer, ni même de vous torturer, malgré les pertes que mon organisation a subies de votre fait…

— Je n'ai fait que me défendre.

— Bien sûr. Ma proposition tient toujours. Êtes-vous vendeur ?

— En raison des circonstances, sûrement. Je commence à être fatigué de toute cette histoire…

— Je vous comprends.

L'Eurasien vint lui tâter les poches.

1. Métis d'Européen et d'Asiatique.

— Si j'avais été armé, fit remarquer Hubert, ces gentlemen ne m'auraient pas fait la loi.

— Pourquoi avez-vous suivi Orekhov ?

— Il m'avait proposé de l'argent.

— Plus que moi ?

— Plus que vous.

— Et alors ?

— Du bidon. Ils ont essayé de m'avoir à l'œil. C'était pour exprimer mon désaccord que je m'en allais quand vous êtes arrivé.

— Où est la chose ?

— Si vous voulez bien, nous discuterons de cela en dehors d'ici…

Il eut un mouvement de tête éloquent en direction des Anglais. L'autre approuva d'un hochement de tête.

— Partons. Vous marchez devant. Ne faites pas l'imbécile, si vous tenez à la vie…

— J'y tiens beaucoup.

Sur un geste, il prit la direction de la porte, suivi des deux complices qui se tenaient à bonne distance. L'Eurasien éteignit les lumières en sortant. Hubert trouvait étonnant qu'ils abandonnent ainsi les trois types de l'IS, sans plus s'en occuper. Toutefois, il se garda bien de faire une réflexion à ce sujet. Les Anglais avaient essayé de le posséder, mais il ne leur en voulait pas. C'était dans la règle du jeu. Il descendit l'escalier extérieur de ciment.

— Tout droit, indiqua l'homme aux yeux pâles.

Hubert obéit. La nuit était trop claire pour qu'il pût espérer mettre à profit l'obscurité… Il passa la grille ouverte. Une grosse Jaguar Mark VII, noire, était rangée le long du trottoir.

— Montez.

Hubert monta. Il avait décidé de temporiser, poussé par la curiosité. Il pensait que rien de grave ne pourrait lui arriver tant que son nouvel adversaire resterait persuadé qu'il possédait les secrets du revêtement antiradar anglais. Car il n'était pas d'accord avec la direction de Washington qui semblait croire que les Russes, possédant un système analogue, devaient automatiquement se désintéresser de celui-là... Le principe pouvait en être différent et, si les savants soviétiques voulaient trouver un moyen de rendre le procédé anglais inefficace, il leur fallait bien être informés des moindres détails de ce dernier.

Ils étaient assis tous deux sur la banquette arrière, l'autre tenant toujours son arme braquée sur Hubert. Celui-ci, très détendu, demanda :

— Où allons-nous ?

— Un instant...

À l'Eurasien :

— N'oublie pas de faire ce que je t'ai dit.

L'Eurasien répondit d'un simple signe de tête, prit une petite mallette noire qui se trouvait à l'avant de la voiture, puis retourna vers la propriété qu'ils venaient de quitter. Hubert enchaîna :

— Les précédents appartenant à l'Intelligence Service, je suppose que vous travaillez pour les Russes ?

— Pourquoi ? Il y a aussi les Américains. Et le Pakistan.

— Le Pakistan ne pourrait pas se permettre de payer un renseignement le prix que vous m'en offrez.

Ricanement.

— Croyez-vous vraiment que nous allons vous payer ce prix-là ?

Hubert n'était pas si naïf ; mais c'était un peu, dans ce genre d'affaire, comme pour une loterie : on espère toujours gagner le gros lot.

— Si vous êtes gentil, j'essaierai de vous faire une réduction, essaya-t-il de plaisanter.

Nouveau ricanement. Déplaisant.

— Nous n'avons pas l'intention de vous donner une seule roupie. Dans quelques instants, quand vous serez à l'abri, nous irons chercher votre complice, cette charmante jeune femme… Une Française, je crois ? Nous allons sûrement nous amuser beaucoup.

Hubert fit la grimace. Ce type était fou d'abattre son jeu aussi vite. Un bon agent, sans aucun doute, mais qui péchait, comme beaucoup d'autres, par excès de confiance…

Hubert lança son attaque avec une stupéfiante soudaineté, sur trois points à la fois. Du pied droit dans la cheville gauche, de la main gauche sur le poignet droit armé et du coude, avec toute la sauce, dans la gorge de son adversaire. Il s'attendait à ce que le coup partît de l'arme déviée, mais rien ne vint. L'homme aux yeux pâles s'effondra, en syncope, sonné pour le compte.

Hubert s'empara de l'automatique, un Llama 38, lourd et bien en main, s'assura qu'une balle se trouvait bien engagée dans le canon, mit la sûreté, donna un coup de crosse sur le crâne de sa victime – deux précautions valent mieux qu'une –, repoussa la sûreté, descendit de la voiture et retourna vers la maison…

L'Austin-Healey était toujours au même endroit, mais le garage, au rez-de-chaussée, était ouvert. Une lueur bougeait à l'intérieur, probablement celle d'une lampe de poche. Hubert marcha jusqu'au coin de la porte. Comme il y arrivait, la lumière s'éteignit et il entendit quelqu'un s'approcher…

En pareille circonstance, frapper d'abord et discuter ensuite est un principe toujours valable. Hubert abattit la crosse du Llama sur le nouveau crâne qui se présentait, ce qui eut pour effet de précipiter ce crâne au sol…

C'était l'Eurasien. Hubert le tira dans le garage, où se trouvait une conduite intérieure Austin d'un modèle assez récent, puis alla chercher l'homme aux yeux pâles dans la Jaguar et le ramena sur ses épaules à côté de l'autre.

Il referma la porte, puis remonta l'escalier extérieur et rentra dans la maison. Son intention était d'éloigner les Anglais, puis de revenir « discuter » un peu avec ceux qu'il venait d'enfermer en bas.

Il alluma dans la pièce. Les trois hommes n'étaient plus au même endroit et ils s'étaient visiblement donné beaucoup de mal pour essayer de se libérer.

— Vous avez de la chance que je sois un bon bougre, dit Hubert. Je vais vous tirer de là, mais vous allez me faire le plaisir de vous tailler en quatrième vitesse…

Il les fit mettre à plat ventre, sortit son couteau et les libéra l'un après l'autre, sans lâcher son arme et sans cesser de les surveiller du coin de l'œil.

Quand ce fut fini et qu'il les eut debout devant lui, occupés à frictionner leurs chevilles et leurs poignets endoloris, il jeta les clés de la Jaguar à Orekhov, qui ne put les attraper et dut les ramasser sur le carrelage.

— Ils ont mis en panne la voiture qui se trouve dans le garage, vous prendrez la Jaguar qui se trouve dans la rue. Ce sont les clés. Vous me laisserez l'Austin-Healey. Je vous la ramènerai au Beach un peu plus tard. Allons-y…

Ils passèrent devant lui et sortirent à la queue leu leu, sans mot dire, pas très fiers de l'aventure. Arrivé en bas, Orekhov se racla la gorge et dit :

— Si vous espérez trouver quelque chose dans cette maison, vous vous trompez. Elle est vraiment vide.

Hubert ironisa :

— J'y découvrirai peut-être le cadavre de Mrs Mac Bean ?

Celui qui avait tenu ce long discours à Hubert, avant l'intervention de l'homme aux yeux pâles, répondit :

— Cela m'étonnerait. Mrs Mary Mac Bean, la vraie, est morte depuis six mois et sa tombe se trouve au cimetière protestant de Macao, en Chine.

— Je lui porterai des fleurs la prochaine fois que je passerai par là. Mais, alors, qui a tenu le rôle ?

— Mon collègue, ici présent. Il adore les travestis. Il n'aurait sûrement pas fait l'affaire pour Marylin Monroe, mais pour Mary Mac Bean c'était presque parfait…

Ils avaient dépassé l'Austin-Healey. Hubert était tendu, craignant qu'ils n'essaient de reprendre l'avantage.

— Et celle qui est morte dans la Khyber Pass ?

Orekhov répondit d'un ton léger.

— Tous les services de renseignements possèdent parmi leur personnel des agents qui deviennent soudain indésirables, pour des raisons diverses, et dont il devient opportun de se débarrasser. Tous les services de renseignements essaient toujours de s'arranger, dans ce cas, pour que cette liquidation soit utile à la communauté…

— Je vois.

Il n'en put dire davantage. Ils étaient sur le trottoir, à l'abri du mur et ce fut ce qui les sauva. Une énorme déflagration les jeta au sol. Le ciel devint blanc, puis rouge. Des pierres se mirent à retomber en pluie de tous les côtés. Le pare-brise de la Jaguar vola en éclats. Des débris crépitaient encore sur la carrosserie de la voiture lorsque Hubert se releva, très pâle…

— Qu'est-ce que c'est ? bredouilla Orekhov, tout près de lui.

Hubert répliqua d'une voix blanche :

— Faut vous faire un dessin ?

Il avait aussitôt compris que l'Eurasien n'était pas retourné pour mettre la voiture des Anglais en panne, mais pour déposer une bombe à retardement, contenue dans la petite mallette. Les trois Anglais auraient dû être tués, écrasés sous les décombres.

— J'ai l'impression que vous me devez une fière chandelle, reprit Hubert.

Orekhov, qui avait recouvré son sang-froid, demanda :

— Mais où sont les autres ?

— Qui ?

— Ces gens qui nous avaient interrompus…

— Je les avais mis au frais dans le garage. Je crains que…

Un formidable nuage de poussière les entourait, les empêchant de voir les décombres. Ils entendaient des appels, provenant des propriétés voisines. Des silhouettes apparurent soudain autour d'eux.

— Police. Vos papiers !

Hubert reconnut la voix du commissaire Abdul Azis Sharif – encore lui. Il poussa brutalement Orekhov en direction de la voix et cria :

— Arrêtez-le !

Puis, profitant de la confusion, il se glissa le long du mur et partit sur la pointe des pieds. Quand il fut sorti du nuage de poussière, il aperçut des gens, à bonne distance, près d'une voiture aux lanternes allumées. Il mit le Llama 38 dans sa poche et marcha en titubant vers le groupe, sa main droite tenant son coude gauche, visage grimaçant.

— Je suis blessé, annonça-t-il. Conduisez-moi à l'hôpital. Vite…

Il était tombé sur des Anglais, qui semblaient habiter la maison voisine. Les questions fusèrent.

— C'est une bouteille de gaz, je crois. Vite, emmenez-moi.

— Y a-t-il d'autres blessés ?

— Non.

Un homme sortit des clés de sa poche et se mit au volant de la voiture. D'autres aidèrent Hubert à s'installer. Ils discutaient pour savoir quel était l'hôpital le plus proche. La voiture partit enfin.

Hubert attendit qu'ils fussent sur la grand-route, à trois kilomètres environ de leur point de départ. Il sortit alors le Llama et le braqua sur le conducteur.

— Ça va comme ça, mon vieux. Vous êtes très gentil, mais je préfère continuer seul. Vous allez vous arrêter et descendre sans rouspéter. Je laisserai votre voiture quelque part dans Karachi. Vous la retrouverez demain. Je ne l'abîmerai pas…

— *Damned !* lança l'Anglais.

Mais il obéit. Vingt secondes plus tard, Hubert fonçait seul vers les lumières de la capitale qui éclairaient le ciel, droit devant.

Orekhov et les deux autres étaient sûrement tombés aux mains de la police. Il leur serait assez difficile, sans doute, de trouver des réponses satisfaisantes aux questions que le commissaire Abdul Azis Sharif ne manquerait pas de leur poser et ils n'étaient pas encore sortis de l'auberge.

En ce qui le concernait, Hubert ne se faisait guère d'illusions. Le policier, ou quelques-uns de ses hommes, avaient dû le suivre depuis le Palace jusqu'au Beach Luxury, puis à partir de ce dernier établissement lorsqu'il en était reparti en compagnie d'Orekhov. Les acrobaties du maître de ballet n'avaient pas suffi à les décoller...

Ensuite, ils avaient dû attendre tranquillement les événements à proximité de la maison. Hubert les imaginait très bien se disposant à intervenir lorsque tout avait sauté...

Le commissaire l'avait-il identifié ? C'était probable. Le téléphone devait fonctionner et Hubert savait que le temps lui était limité...

Son programme : passer d'abord au Palace pour récupérer ses chèques de voyage laissés dans une valise, puis joindre Cecilio de Coïmbra qui pouvait seul lui donner les moyens de quitter clandestinement le territoire pakistanais...

Il arrêta la voiture dans Kutchery Road, à bonne distance de l'hôtel, et continua pédestrement. Le commissaire Abdul Azis Sharif ne penserait certainement pas qu'il aurait l'audace de revenir au Palace. Hubert jouait là-dessus, mais il ne voulait tout de même négliger aucune précaution.

Il tourna au carrefour, marcha jusqu'à la nouvelle annexe et traversa la chaussée en direction de la petite entrée, située exactement en face du vieux bâtiment où était sa chambre.

Il y avait un gardien enturbanné près du portail. Il dormait. Hubert manœuvra doucement le lourd battant de fer noir et passa dans le jardin.

Personne. Tout était silencieux et obscur. Le Gourmet lui-même avait fermé ses volets.

Il monta doucement les quelques marches du perron, entra dans le vestibule faiblement éclairé, prit la clé au tableau, près du téléphone…

Maintenant, il était trop engagé pour pouvoir reculer, mais en cas de surprise désagréable la retraite pouvait lui être coupée. Il hésita sur les premières marches. Peut-être aurait-il mieux fait de renoncer à récupérer sa fortune…

Tant pis. Il décida d'y aller. Les marches de bois grincèrent sous ses pas, puis le parquet du palier. Il glissa la clé dans la serrure, essaya de tourner, vainement…

La serrure n'était pas fermée, pourtant la porte résistait. Il essayait de comprendre, lorsque la pièce s'éclaira. Il entendit le choc de deux pieds nus sur le tapis, puis vit s'approcher, à travers les vitres opaques de la porte, une silhouette joliment galbée…

— Qui est-ce ?

— C'est moi, ouvre.

Deux verrous claquèrent. Françoise Didier apparut, en très simple appareil. Il entra, la regarda refermer.

— Je te croyais au Beach ? murmura-t-il.

Elle sourit.

— Je serais revenue, même s'ils ne m'avaient pas chargée d'une commission pour toi…

Il s'étonna.

— D'une commission ?

— Oui.

Légère, elle courut vers le lit et sortit de sous le traversin une enveloppe de papier brun qu'elle lui remit aussitôt.

— Voilà.

— Qui t'a donné ça ?

— Les gens que tu as retrouvés ensuite, avec Orekhov. Ils m'ont dit que l'entrevue qu'ils voulaient avoir avec toi ne serait pas agréable et que cela te remonterait le moral quand tu reviendrais...

Perplexe, Hubert déchira l'enveloppe. Elle contenait une feuille de papier, enrobant une seconde enveloppe, blanche et plus petite. Sur la feuille, quelques mots tapés à la machine :

Votre interview paraîtra demain comme prévu, dans les conditions que nous avons exposées. Ceci est une chose.

Mais autre chose est le légendaire fair-play britannique et, à seule fin de vous prouver qu'il ne s'agit pas seulement d'une légende, nous vous remettons ci-joint le secret du « Trench-coat », ce qui vous permettra de rejoindre votre service avec les honneurs de la guerre.

Sincèrement vôtre,
X

Hubert resta quelques secondes le souffle coupé. C'était trop énorme. Puis il comprit que les Anglais ne s'étaient pas moqués de lui, que cette enveloppe blanche contenait vraiment la formule du revêtement antiradar. Ils avaient voulu créer un incident pour influencer le Congrès des États-Unis avant la révision de la loi Mac Mahon, mais ils avaient tenu ensuite à se conduire en grands seigneurs. Leur façon de faire disait clairement : *Vous ne voulez pas nous communiquer certains de vos secrets, vous venez de voir à quelles situations désagréables cela peut vous conduire.*

Ceci fait, nous vous communiquons les nôtres. À vous de juger…

Hubert siffla entre ses dents. Ces braves gens avaient tout de même manqué d'imagination en ne prévoyant pas que la situation était susceptible d'évoluer comme elle avait évolué. Tant pis pour eux. Hubert n'y pouvait rien. Ils l'avaient dit eux-mêmes : dans le métier, tous les coups étaient permis.

— Il faut que je file, annonça-t-il à la jeune femme qui l'observait. J'ai les flics aux fesses.

Il ouvrit sa valise, sortit son carnet de chèques de voyage de la petite poche secrète qui les contenait.

— Combien coûte un aller simple pour Paris ? demanda-t-il.

— Quatre cent quatre-vingt-quatre dollars et quarante cents, répondit-elle.

Il rit.

— Quelle précision !

Et il lui remit cinq chèques de cent dollars chacun.

— Tu me rendras ça, plus tard. Il faut que je file…

— Si les flics te recherchent, comment vas-tu faire pour passer la frontière ?

— Je vais me débrouiller.

— Je connais un type, un Italien, qui fait du cabotage en mer d'Oman avec un vieux cargo. S'il était en ce moment à Karachi, il t'embarquerait sûrement sans explication…

Hubert la prit dans ses bras.

— Je vois ça très bien. Cela me permettrait d'ajouter un nouveau chapitre à cette histoire. On pourrait l'intituler : « Emmerdements en mer d'Oman. »

Elle pouffa.

— Idiot.

Il lui claqua les fesses, l'embrassa gentiment et se sauva.

— Au revoir, poupée d'amour !

— À bientôt, répliqua-t-elle en retenant ses larmes, et bonjour chez toi !

DU MÊME AUTEUR
AUX ÉDITIONS ARCHIPOCHE

ATOUT CŒUR À TOKYO

Pas de repos pour OSS 117 !

Hubert Bonisseur de la Bath s'était accordé quelques jours de repos bien mérités dans la capitale japonaise. Mais une affaire de chantage dont est l'objet l'une des secrétaires de l'antenne locale de la CIA éveille son intérêt. À plus d'un titre… L'idée de jouer le mari de la jeune dame n'est pas pour déplaire à notre séduisant agent secret. Mais un Nippon bien nippé va lui donner du fil à retordre…

ISBN 978-2-37735-510-5 / IF 742074-2009 / 224 pages / 6 €

OSS 117 PREND LE MAQUIS

Ça se corse pour OSS 117 !

Informé que les Russes installent en divers points du globe des bases ultrasecrètes dans des grottes sous-marines, le chef du service action de la CIA envoie son agent OSS 117 sur l'île de Beauté, où vient de disparaître un homme-grenouille surentraîné.
Mais tout se corse. Pour avoir oublié, dans le feu de l'action, que son Beretta ne contenait que huit balles au lieu des dix de son J. C. Higgins resté dans l'autre poche, Hubert Bonisseur de la Bath a failli perdre la vie… mais aussi Brigitta, pour qui il éprouve une immense tendresse.

ISBN 978-2-37735-511-2 / IF 742075-2009 / 192 pages / 6 €

STRIP-TEASE POUR OSS 117

OSS 117 persiste et signe !

La CIA est avertie que des documents ont été remis par un de ses agents à une jeune touriste française à Moscou. Or, Isabelle la bien nommée prétend qu'elle ne sait rien.
Le colonel Hubert Bonisseur de la Bath est persuadé que tout s'est passé à son insu. Dans la nuit d'Amsterdam, quelques voitures se retrouvent régulièrement dans le canal… entre autres, celles d'espions soviétiques lancés sur la même piste. OSS 117 va-t-il tomber la veste ?

ISBN 978-2-37735-513-6 / IF 742076-2009 / 192 pages / 6 €

Cet ouvrage a été composé
par FACOMPO, LISIEUX

Impression réalisée par
CPI France
en août 2020
pour le compte des Éditions Archipoche

Imprimé en France
N° d'édition : 509
N° d'impression : 3039321
Dépôt légal : septembre 2020